Prix du Meilleur Roman des lecteurs de POINTS

Ce roman fait partie de la sélection 2014 du
Prix du Meilleur Roman
des lecteurs de POINTS !

D'août 2013 à juin 2014, un jury composé de 40 lecteurs et de 20 libraires recevra à domicile 10 romans récemment publiés par les éditions Points et votera pour élire le meilleur d'entre eux. Le jury sera présidé par l'écrivain Agnès Desarthe.

***Une femme fuyant l'annonce,* du romancier israélien David Grossman, a remporté le prix en 2013.**

Pour tout savoir sur les livres sélectionnés, donner votre avis sur ce livre et partager vos coups de cœur avec d'autres passionnés, rendez-vous sur :

www.prixdumeilleurroman.com

Cécile Coulon est née en 1990. Après des études en hypokhâgne et khâgne à Clermont-Ferrand, elle poursuit des études de Lettres modernes. Outre son goût prononcé pour la littérature, de Steinbeck à Luc Dietrich, Nathalie Sarraute ou Marie-Hélène Lafon en passant par Tennessee Williams, Stephen King ou Prévert, elle est aussi passionnée de cinéma et de musique. Elle est l'auteur du « Manifeste des enfants sauvages ».

Le roi n'a pas sommeil a été en lice pour de nombreux prix.

DU MÊME AUTEUR

Le Voleur de vie
Revoir, 2007

Sauvages
Revoir, 2008

Méfiez-vous des enfants sages
Viviane Hamy, 2010
et « Points », n° P2967

Soleil cogne
(illustrations de Axel Garrigues, Amélie Girard, Chokko Primero & Xavier)
Horripeaux, 2011

Les Rouflaquettes électriques
(illustrations Vedrana Donic)
Zinc, 2011

Le Rire du grand blessé
Viviane Hamy, 2013

Cécile Coulon

LE ROI N'A PAS SOMMEIL

ROMAN

Viviane Hamy

TEXTE INTÉGRAL

ISBN 978-2-7578-3022-2
(ISBN 978-2-87858-509-4, 1re publication)

PREMIÈRE PARTIE

Tout ce qu'il avait fait dans sa vie
lui remontait au cœur et à l'esprit ;
tout ce qu'il avait fait était mal.

John Steinbeck,
Rue de la Sardine

1

Ce que personne n'a jamais su, ce mystère dont on ne parlait pas le dimanche après le match, autour d'une bière fraîche, cette sensation que les vieilles tentaient de décortiquer le soir, enfouies sous les draps, ce poids, cette horreur planquée derrière chaque phrase, chaque geste, couverte par les capsules de soda, tachée par la moutarde des hot-dogs vendus avant les concerts ; cette peur insupportable, étouffée par les familles, les écoliers, les chauffeurs de bus et les prostituées, ce que personne n'a pu savoir, c'est ce que Thomas avait ressenti quand le flic aux cheveux gras était venu lui passer les bracelets, en serrant si fort son poignet que le sang avait giclé sur la manche de sa chemise.

Ce type, uniforme neuf et godasses de mirliton, ne souriait pas. Il portait les deux boucles de métal pendues à sa ceinture comme des boules de Noël à la branche d'un sapin. Thomas n'était qu'une fripouille de plus, une espèce de charognard qu'il aurait fallu tuer dans l'œuf. *Bingo. Je vais t'envoyer dans un endroit où tu pourras tâter des barres de fer toute la sainte journée. Tu dois payer. Crois-*

moi, si j'en avais eu l'occasion, je t'aurais dérouillé depuis longtemps.

Personne n'a jamais su.

Quand la mère de Thomas s'est précipitée hors de chez elle, sa robe à moitié défaite, ils n'ont pas vraiment compris.

Elle a crié plus fort que les sirènes de toutes les casernes de la région. Le vieux Puppa, assis sur son fauteuil délabré, n'a pas bougé d'un pouce ; ses yeux sont restés clos, sa bouche émettait de drôles de grincements : les gonds d'une porte de saloon. Puppa connaissait Mary depuis sa plus tendre enfance. Ils avaient joué au billard, trouvé des planques pour fumer leurs premières cigarettes, mangé des hamburgers avec les autres poulettes de la ville. Ils s'étaient frottés les uns contre les autres sur des couvertures qui sentaient le sapin et le whisky frelaté.

Elle criait à la manière d'un poulain qu'on égorge. Quand sa voix s'était muée en un hennissement de désespoir, les souvenirs du vieillard avaient surgi d'un coup d'un seul. Ils chuchotaient, bourdonnaient en lui telles des abeilles autour d'un pissenlit. Tandis que Mary perdait les pédales au milieu de la rue principale, Puppa s'était rendu compte qu'il ne savait pas pourquoi Thomas avait pris le mauvais tournant au moment où tout lui souriait. *Il n'y avait aucune raison*, se disait-il, *pour que cette histoire se termine ainsi.*

Mary fut emmenée par trois sergents jusqu'au commissariat.

O'Brien, le médecin de famille, l'attendait. C'était lui qui avait soigné Thomas quand il s'était ouvert l'arcade sourcilière. Le docteur ne pouvait pas parler, il n'était pas encore au courant. D'ailleurs, personne en ville ne savait exactement pourquoi Mary avait crié de la sorte, mais tous étaient certains qu'une tragédie avait eu lieu. Mais ni O'Brien, ni Puppa, ni les sergents, personne ne savait pourquoi cette pauvre femme en était venue à déchirer ses vêtements en public. Elle fut transportée à l'hôpital le plus proche et ne remit les pieds en ville qu'un mois plus tard.

À son retour, ils savaient.

Quand elle pénétra dans l'épicerie du centre pour acheter des haricots rouges et des blancs de poulet à l'ail, les femmes baissèrent les yeux. Au moment où elle sortit son porte-monnaie, le gérant prit ses mains dans les siennes et lui offrit tout ce qu'elle avait dans son panier. Mary le remercia, ses mots étaient tendus, sa langue bougeait peu entre ses dents. Des hurlements voulaient sortir. Sous le regard des clients, elle serra l'anse en osier et tourna les talons. Ils savaient pourquoi Mary ne serait plus celle qu'ils avaient connue. Mais aucune question ne fut posée à propos de Thomas : tous sentaient qu'il ne fallait pas en parler ni même prononcer son nom. À présent, ils se demandaient ce que pouvait produire une telle disparition dans un cœur de mère.

Jusqu'à la mort de Mary, Puppa resta avachi sur son siège, un mégot entre les dents, sans décrocher un mot. Ce fut seulement après l'enterrement de la mère, un jeudi après-midi, que les vieux commencèrent à faire sauter les serrures. Puppa fut le premier à parler de Thomas. O'Brien, bien droit dans son costume sombre, avoua :

– J'ai vu le corps. Personne ne devrait voir son fils dans cet état.

Les autres approuvèrent d'un signe de tête. La tante de Mary, une femme aux mains creuses, servait des petits pains fourrés au fromage dans un plat de cuivre.

À partir de ce jour, il ne se passa pas une heure sans que quelqu'un ne mentionne le « fils maudit ». Chacun y allait de son anecdote : les femmes racontaient qu'il était plus beau qu'une Chevrolet sortie de l'usine, les hommes parlaient de ses muscles, des soirées bien arrosées. Autour des tasses de thé et des verres de bière, pendant les déjeuners au soleil et devant les cheminées, les jeunes filles racontaient l'histoire de Thomas, agrémentaient leurs récits de détails piquants et d'idées cochonnes : leurs camarades pouffaient. Dans les vestiaires du club de baseball, les joueurs inventaient de mauvaises blagues à son sujet, puis se déshabillaient avant d'aller reposer leur corps sous une eau tiédasse.

Personne ne savait réellement ce qui s'était passé. Les volets de la maison demeuraient clos. Les poutres pourrissaient. Aucun parent n'était venu ouvrir la bicoque depuis l'enterrement. Peu à peu, la ville engloutissait ce qui restait de la famille Hogan. Bientôt, l'histoire de Thomas devint une légende du bourg : un mauvais souvenir qui faisait peur aux gosses et alimentait les conversations de comptoir.

Non, vraiment, personne n'a jamais su.

2

Autour de la propriété, de grands sapins s'étiraient, leurs branches roulaient dans la brume. Ils semblaient danser les uns avec les autres. Des odeurs de sève et d'écorce mouillée s'échappaient de leurs troncs, envahissaient les herbes folles, embaumaient l'air comme un drap lavé à l'eau tiède. Entre les arbres, des massifs de fougères, quelques framboisiers sauvages et des centaines de fleurs des bois poussaient sur deux ou trois hectares. Un chemin de terre s'enfonçait dans la nature, mais les herbes hautes dévoraient ce qui avait été une piste forestière. De part et d'autre, on apercevait les anciennes masures réservées aux gardes-chasses, à l'époque où le terrain des Hogan était encore une propriété publique. Parfois, des renards venaient s'y mettre à l'abri du vent, non loin des terriers balayés par la brise.

Les biches avaient pris possession des endroits reculés où l'homme ne venait plus. Les cerfs se montraient rarement à la lumière du jour. Depuis la vente de la propriété, la chasse était interdite, mais les braconniers se réservaient le droit d'aller se servir en gibier quand les champs et forêts des alentours ne donnaient pas de quoi nourrir les familles. La viande était chère, difficile à conserver, encore plus à cuisiner. Il fallait la laisser mijoter pendant des heures avant d'obtenir une mixture présentable. Les habitants se délectaient de ces ragoûts lors des fêtes traditionnelles, durant lesquelles hommes et femmes vidaient des litres d'un alcool infect. Ils avalaient des monceaux de pommes de terre coupées en rondelles, de poissons frits et de jarrets cuits à point. Les hommes tiraient sur leurs cigarettes, l'air de condamnés à mort le matin d'une exécution ; ils crachaient une fumée noire, l'odeur se mélangeait à la sueur des jeunes filles venues pour danser et trouver leur futur mari.

Les Hogan participaient, eux aussi, à ce genre de fête : ils préparaient des gratins de cardes, des salades, du thon, des tartes à la rhubarbe, des cakes au citron arrosés de sirop d'érable.

C'est William Hogan qui avait acheté la propriété. Il était fils unique, son père lui avait légué la majeure partie de ses biens dont une belle collection d'armes à feu : certaines valaient un paquet de pognon. William avait revendu les pétoires, placé son argent de façon à s'assurer des jours heureux. Sa mère mourut sept ans après son époux ; le fils vendit alors la maison familiale à un couple de jeunes agriculteurs, deux pigeons fraîchement mariés qui projetaient d'avoir une tripotée de mouflets avant même de pouvoir leur payer de quoi s'habiller chaudement.

La propriété du bourg, ses sapins, ses pistes, ses renards qui traversaient la route à l'aube, un lapereau dans la gueule, cette maison l'avait fait rêver pendant des années. Au cours de longues promenades, il s'était arrêté devant la porte, bouche bée, sourcils froncés, en se jurant d'y habiter. Après le décès de sa mère, ravagé par l'habituel chagrin du deuil, il quitta les pièces cramoisies de sa bicoque et acheta la demeure qui n'était plus entretenue par les autorités locales. Toutes ses économies y passèrent, ainsi que l'argent des armes à feu.

William emménagea sans un sou en poche. Très vite, il demanda au sergent de ville, un vieil ami de son père, s'il n'avait pas un job à la caserne. Son emploi de maître scieur ne suffisait pas à tout retaper, ni à entretenir le terrain en bordure de la grande route. Le sergent, un homme avec des moustaches en forme de femmes nues, l'embaucha les week-ends. William Hogan se mit à travailler sept jours sur sept, de six heures du matin jusqu'à cinq heures du soir.

En semaine, il transportait des rondins de bois, maintenus par de grosses cordes, jusqu'aux chalets qui abritaient les machines. Vers une heure de l'après-midi, il prenait sa pause, avachi contre les pneus du camion, en compagnie des autres ouvriers. Fatigué, il se nourrissait de sandwiches préparés la veille avec des morceaux de dinde cuits et des feuilles de salade d'une propreté douteuse. Il finissait son déjeuner par une bière tiède et reprenait le travail au moment où le soleil brûlait chaque parcelle de peau, l'été. Vers cinq heures, après avoir arrêté les machines, garé le camion et nettoyé le local réservé aux outils de découpe, il redescendait, s'arrêtait à l'épicerie récupérer ses commandes – viande, œufs, alcool – puis se dirigeait d'un pas lourd vers la sortie de la ville.

Il fermait la porte derrière lui. Pendant quelques secondes, tout son corps lui criait d'arrêter, de revendre la propriété et de retourner dans le centre. D'un mouvement de tête, William chassait ces mauvaises pensées. Il reniflait, se déchaussait, laissait tomber sa veste sur la rampe de l'escalier qui aurait eu besoin d'un bon coup de peinture.

Alors seulement il tournait les yeux vers elle. William la regardait avec une intensité que seule sa femme était capable de reconnaître. Une lumière aveuglante, violente, jaillissait de ses pupilles et la frappait de plein fouet. Immobile, elle ressemblait à la tige d'un coquelicot ; William savait qu'il n'aurait pas pu trouver mieux. Malgré la fatigue, Mary se tenait bien droite. Elle le réconfortait, préparait du poisson-chat et des haricots rouges, lui massait les épaules et retirait les échardes de ses mains. Mary l'embrassait ; personne ne l'avait jamais embrassé de cette façon. Elle sentait bon, ses doigts glissaient sur lui à la manière des rondins de bois qui dévalent une cascade sans jamais se retourner. Elle lui retirait sa veste quand il rentrait à l'aube, les yeux rougis, les bras ballants. Il criait contre tout et n'importe quoi, attrapait les objets autour de lui pour les jeter contre les murs. Dans ces moments-là, Mary avait pris une ou deux torgnoles, mais William savait y faire : le lendemain, il l'emmenait au cinéma, achetait des glaces, des bijoux, des robes à fleurs. Sa femme oubliait. Peu à peu, le feu s'éteignait en elle, et se rallumait dès qu'il la fixait. William avait des yeux noirs perçants, provocateurs. Ses premières conquêtes s'en souvenaient, elles disaient : « Ce garçon a de l'argent, mais il est fou à lier ! Et puis ses mains sont sales. Et ses yeux ! Bon Dieu ! De quoi faire détaler un cheval. »

Le week-end, il se levait tôt pour être à la caserne avant l'arrivée des premières patrouilles. Il nettoyait les sols, les bureaux, classait les dossiers restés en attente sur le large plan de travail en béton. L'inspecteur se pointait à huit heures. Quand l'enquête en cours ne lui laissait pas le temps de rentrer, William lui préparait du café noir et lui commandait ses sandwiches. Parfois, on lui demandait de répondre aux appels : il devait rassurer les vieilles, consoler les mères, gueuler sur les merdeux qui faisaient des farces et crachaient des insultes qu'il n'aurait pas imaginées à leur âge. Vers six heures, le personnel administratif finissait son service. William continuait à classer des fiches vertes, répertoire macabre de tous les procès en cours dans un périmètre de cinquante kilomètres autour de la ville.

Il lui arrivait d'y jeter un œil. Et, chaque fois qu'il se retrouvait face à la photo d'un gamin mort, le crâne éclaté à coups de batte, il ne pouvait s'empêcher de haïr ce qui l'entourait. La colère montait jusque dans ses narines, de grosses larmes couleur crème s'échappaient de ses paupières, s'échouaient sur le carrelage du bureau. Malgré les claques que Mary avait reçues au retour de ses soirées, il était convaincu qu'il ne pouvait pas faire partie de ces hommes, de ceux dont les noms étaient inscrits sur les fiches. William aimait ses parents, il les pleurait le dimanche. Sa femme était heureuse avec lui, il ne manquait plus qu'un gosse pour fonder une famille digne de ce nom. Le fils Hogan cherchait dans ses plus lointains souvenirs ce qu'il avait pu faire de mal ; ses actes, ses colères et ses peines revenaient vers lui, tels de vieux chiens fidèles qui retournent voir leur maître des années après leur abandon. Mais il n'imaginait pas ce qui aurait justifié que son nom apparaisse, en caractères gras, sur une fiche verte. Malgré les erreurs qu'il avait commises – une claque, un braconnage, quelques excès de vitesse –, il ne trouvait rien à se reprocher, il se sentait fort face à ces types envoyés en cellule à des centaines de kilomètres de chez eux. Il n'avait rien en commun avec ce genre d'individu. Petit à petit, sa colère retombait.

Les week-ends, il ne rentrait pas directement chez lui. En chemin, il s'arrêtait boire un coup avec

Puppa. Cette histoire de fiches n'était plus qu'un mauvais souvenir, une sensation désagréable qu'il tentait d'étouffer en écoutant Ed raconter comment sa femme pétait au lit chaque premier dimanche du mois. Il ne voulait pas qu'on lui parle de ces procès, il ne voulait pas qu'on lui pose de questions. Il désirait enfouir ses idées noires, rentrer se coucher contre le corps chaud de Mary, caresser la courbe de ses flancs parfaits puis sombrer dans un sommeil sans rêves.

Mary et William s'étaient connus tôt. Ils n'avaient pas fréquenté la même classe, mais les deux adolescents habitaient le même quartier, sortaient le dimanche à la même heure, déjeunaient entre amis dans les mêmes restaurants.

La jeune fille avait travaillé comme secrétaire à la caserne, puis s'était trouvé un job à l'école privée de Leeno : elle s'occupait des petits, nettoyait les salles de classe, gardait un œil sur la cour quand les mômes commençaient à s'exciter.

Elle avait flirté avec William lors d'un bal donné en l'honneur du docteur O'Brien, qui avait guéri un gamin atteint de fièvre jaune. William avait vingt-cinq ans, elle un peu moins. Le fils Hogan traînait déjà une sacrée réputation. Pourtant, il l'invita à danser, souffla des mots tendres qui roulaient contre ses oreilles. Il lui offrit des bières, l'emmena faire une balade en bordure des champs de céréales. Il n'en fallut pas davantage. Cet homme, disait-on, avait plus d'argent que n'importe quel ouvrier ne pouvait en gagner dans sa vie. William était large d'épaules, il travaillait dur et n'allait jamais voir les putains. Un bon parti.

Deux mois plus tard, ils étaient mariés à l'église sur Relindes Street. Mary fit ses bagages et emménagea dans la maison du bourg.

Elle ne vint plus travailler à l'école. Comme la mère de William, elle restait cloîtrée, à laver les draps, repasser les chemises, étendre le linge sur un fil tiré entre deux sapins derrière la maison. Le soir, quand elle se mettait au lit, les mains de William couraient rapidement sur sa poitrine. Parfois, lorsqu'il s'endormait, elle restait éveillée, les yeux écarquillés, ne sachant plus si l'homme à côté d'elle l'aimait comme au premier jour, s'il l'aimait tout court. Elle revoyait son visage quand ils avaient fait l'amour pour la première fois ; elle revivait chaque promenade, se remémorait chaque mot doux prononcé pour l'attirer contre son torse. Peu à peu, ce genre de souvenirs se voilait d'un épais brouillard. Et, soudain, Mary haïssait cet endroit. Une fois, elle décida même de reprendre son job à l'école. À ses côtés, William ronflait plus fort qu'un tracteur au démarrage, elle ne voulut pas le réveiller. Au petit matin, son courage avait disparu, et tandis qu'il se préparait, sacoche à l'épaule, elle pensait *C'est mieux ainsi*. Mary était capable d'étouffer son chagrin. Après avoir refermé la porte derrière lui, elle le regardait partir, le front collé contre la vitre. Puis, sans plus attendre, elle se dépêchait de monter à l'étage. La chambre, plongée dans la pénombre, sentait le bois sec et le mauvais whisky.

3

Thomas naquit trois ans plus tard.

William travaillait toujours autant. De vilaines rides creusaient son front, le contour de ses yeux. En lui, le feu diminuait, la fatigue croissait. La maison était bien tenue ; il avait dégagé les anciennes pistes. Au début de l'automne, les guérites des gardes-chasses furent rasées. Le week-end, il passait ses journées à la caserne. Les sergents le respectaient : il travaillait plus que les deux policiers de service réunis. Il ne s'occupait plus des fiches vertes : on l'avait mis au bureau des demandes familiales, il n'avait qu'à nouer de fines cordelettes élastiques autour de grandes pochettes en carton et les ranger dans le bon casier. Les murs étaient couverts de grosses boîtes en sapin, des boîtes qu'on lui avait commandées des années plus tôt. Chacune portait un numéro gravé au couteau entre la poignée, fixée par une vis métallique, et le socle, doublé d'une pellicule protectrice en résine. William ne pensait plus aux fiches des procès. C'était July, une veuve aux yeux verts, qui s'en occupait. Elle ne lisait jamais les listes de condamnations, les photos de meurtres ne l'intéressaient pas. July portait un uniforme gris qui mettait ses larges hanches en valeur et aplatissait sa poitrine que William s'était quelquefois surpris à fixer, quand il sortait du bureau au moment de la fermeture. July avait une voix grave et monotone. Elle parlait peu, bougeait beaucoup, personne ne l'invitait jamais à dîner. July habitait un petit appartement au-dessus de la laverie, sur la troisième rue, en face de l'étude du notaire.

L'hiver fut court. L'enfant de Mary dormait dans la chambre attenante à celle de ses parents. William lui grattait la joue avant de partir travailler, Mary lui chantait des chansons de Loretta Lynn en prenant soin de maintenir sa tête contre la couverture chaude qu'elle serrait entre ses seins. Pour un nouveau-né, Thomas criait peu et ne tétait pas autant qu'il aurait fallu. Les époux lui avaient donné le prénom de son arrière-grand-père, un homme dur comme fer, qui plumait ses amis aux cartes et descendait des litres de bourbon sans avoir la gueule de bois le lendemain.

Une bouche de plus à nourrir. Même si l'idée d'avoir un fils qui avait son nom et sa couleur de tifs réjouissait William, il pressentait que le môme n'aurait jamais la force de faire tout ce que lui, William Hogan, avait accompli. Il l'imaginait derrière un bureau à tapoter sur une foutue machine de l'État plutôt qu'en forêt, sous trente degrés, à tirer des troncs de pin en compagnie de ses anciens camarades de classe. Thomas dormait seize heures par jour et gardait les yeux clos quand son père lui montrait des images illustrées sur son vieux cahier d'école. De son côté, Mary n'avait pas changé ses habitudes : tous les matins, elle regardait son mari partir puis s'affairait dans la maison. Elle cessait toute activité quand Thomas s'éveillait à l'étage.

En fin d'après-midi, elle le portait jusqu'à la véranda, lui montrait les sapins, les framboisiers, les traces des renards dans le sable autour du potager. Puis, elle s'asseyait sur son fauteuil, celui que William avait récupéré après la mort de sa mère, et berçait l'enfant en murmurant les paroles de vieilles chansons, *The Coal Minners's Daughter*, *Green Grass of Home*, *The Hobo Song*, jusqu'à ce que Thomas s'endorme. Alors elle restait sur son siège, oubliait un moment les lits à refaire, le biberon sur le feu et l'escalier à poncer. Elle somnolait, se balançait d'avant en arrière. Et soudain, sortie d'un songe, elle se levait, montait à l'étage coucher le petit dans son berceau fabriqué sur mesure. Elle ne savait plus si elle maudissait cette demeure ou si elle s'était, finalement, coulée en elle, telle une femme invisible qui aurait pris l'apparence des meubles. William arrivait, les bras chargés de courses, aussi sale qu'une colonie de cafards ; il la fixait, puis montait gratter la joue de son fils et laissait une vilaine trace de sciure noire sur sa peau, que Mary s'empressait d'effacer dès qu'il tournait les talons.

L'enfant balbutia ses premiers mots tard.

Il regardait les choses avec curiosité, mais ses lèvres demeuraient immobiles. La simple vue des objets semblait suffire. Parfois, Mary tentait de lui apprendre les syllabes de base, mais Thomas s'en fichait, il pointait du doigt les lièvres qui filaient devant la véranda, écarquillait les yeux quand un cerf s'approchait du potager. De temps en temps, chancelant sur ses jambes, il allait cueillir des framboises dans les massifs qui poussaient en bordure du chemin de terre. Mary le surveillait, elle lui montrait des photos de ses parents, des illustrés pour apprendre à mémoriser les lettres, des cartes à jouer sur lesquelles étaient imprimés des animaux multicolores. Thomas souriait à s'en décrocher les mâchoires, mais jusqu'à son seizième mois, il ne dit pas un mot. Sa mère s'inquiétait, elle le tenait contre elle et lui répétait sans cesse « Maman, Maman », comme si sa volonté pouvait délier la langue de son enfant.

William ne disait rien. Il rentrait le soir, les mains toujours plus sales, toujours plus dégoûtantes. Il envoyait ses chaussures de travail valdinguer à l'autre bout du couloir, attendait que Mary lui ôte sa veste. Au début, il demandait d'un air soucieux : « Le petit a parlé aujourd'hui ? » Mais, plus le temps passait, plus William semblait se refermer à la manière d'un coquillage pourri de l'intérieur. Il montait encore voir son fils, mais son mutisme le confortait dans son idée première : jamais cet enfant n'aurait assez de force pour s'occuper des chantiers en forêt. En ville, personne ne pourrait dire : « Tiens, voilà le fils Hogan, si fort, le portrait craché de son père. » Thomas était trop chétif, trop rêveur pour tenir la propriété en état et assurer les vieux jours de ses parents. Même si Mary lui répétait sans cesse qu'un enfant d'à peine deux ans pouvait changer, William n'y croyait pas, il regardait la petite tête rose : une marionnette avec laquelle il n'avait pas envie de jouer. Parfois, il se surprenait à croire que son unique fils serait le médecin ou l'avocat de la famille, mais quand il voyait O'Brien et Samson, le notaire, il se rendait compte que ces hommes dégageaient une force physique et mentale incroyable. Même si leurs métiers les éloignaient les uns des autres, ils étaient d'une étoffe similaire, d'un caractère pur et sans tache.

Un jour, tandis que Mary étendait le linge au soleil, un serpent brun, très fin, long comme une feuille de châtaigner, se glissa sous l'escalier de bois reliant la terrasse au jardin. Il s'enroula autour de la poutre principale, juste en face du tabouret d'où le petit regardait sa mère. Le serpent, dans un mouvement fluide et lent, descendit sur les lattes en pin puis glissa jusqu'aux pieds du tabouret. Thomas remarqua l'animal. Son regard resta fixé sur sa peau : il semblait n'avoir rien vu d'aussi beau de toute sa courte vie. Puis, tandis que le reptile enlaçait avec grâce un pied gauche, Thomas se mit à rire, cria « Maman » en pointant le serpent du doigt. Étonnée, Mary tourna la tête, lâcha son large panier tressé et accourut sur la véranda. Elle eut juste le temps d'attraper Thomas avant que le serpent ait complètement remonté le tabouret, et, tandis qu'elle suffoquait de panique, Thomas souriait, répétait « Maman, Maman », sous le regard médusé de sa mère.

Elle porta l'enfant dans sa chambre, l'installa devant ses cubes de bois multicolores puis descendit chercher un tisonnier pour tuer l'animal. Quand elle revint sur la terrasse, le serpent avait disparu ; elle eut beau faire le tour de la maison, elle ne l'entendit pas glisser dans les herbes hautes.

William rentra tard. À table, lorsqu'il leur demanda comment s'était passée la journée, Thomas éclata d'un rire franc et Mary annonça joyeusement que leur fils avait enfin dit son premier mot.

À partir de ce jour, elle évita de laisser son petit seul sur la véranda. Thomas parlait de plus en plus, parfois trop, comme s'il cherchait à rattraper son retard. Son père était ravi ; le fils semblait curieux. Peu à peu, la lueur naissait, elle ressemblait à la lumière que William irradiait quand Mary l'avait connu. Même si Thomas paraissait frêle pour son âge, il apprenait rapidement les noms des choses. Très vite, il accompagna sa mère quand elle faisait le tour des pistes pour vérifier si personne n'avait posé de piège à lapereaux. Ce genre d'incident arrivait parfois ; la nuit, les braconniers se débrouillaient pour trouver un chemin jusqu'aux terriers et déposaient des lames aiguisées entre les massifs. William chassait peu. En hiver, il lui arrivait de rapporter un lapin ou deux, mais sa femme et son fils détestaient ce type de surprise. Lorsqu'il avait acquis la maison, William s'était souvent retrouvé nez à nez avec des chasseurs sur son propre terrain. À présent, ceux qui venaient ne prenaient pas de risques, ils posaient leurs pièges la nuit et revenaient dès l'aube pour récupérer les proies.

Mary ne les voyait pas, mais elle savait où chercher : la jeune femme connaissait la propriété mieux que quiconque. Le soir, après le dîner, les époux s'y étaient souvent promenés.

Depuis la naissance de Thomas, Mary Hogan parcourait les pistes avec son fils, lequel était ravi lorsqu'il dénichait, après des heures de recherche intensive, des grappes de fruits sauvages. Il avalait les baies avant de venir se planter dans les jupes de sa mère et tacher de jus de cassis sa robe à fleurs. Après une bonne heure de marche, ils faisaient demi-tour et trouvaient William endormi sur la véranda, une bouteille de bière calée contre le ventre, son chapeau de cuir abaissé sur des yeux bouffis. Mary couchait Thomas, fermait les volets et quittait sa robe, puis elle se plantait devant la glace de la chambre conjugale. Elle regardait son corps blanc, tiède, en se demandant si William aimait la forme de ses hanches, le sillon sombre formé par sa poitrine juste sous son cou. Quand elle entendait son mari monter l'escalier, elle passait rapidement une longue robe de nuit et se faufilait sous les couvertures. Éreintée, elle s'enfonçait dans ses oreillers pour ne plus en sortir. William ôtait ses vêtements, jetait un œil sur les fesses de sa femme et venait se coller contre elle, en grognant des mots que Mary ne voulait pas entendre.

4

Mary n'eut pas d'autre enfant. Thomas suffisait.

Il fut inscrit à l'école de la ville, construite cinquante ans plus tôt entre le terrain de sport ravagé par les mauvaises herbes et l'église du père Milchan. Le bâtiment resplendissait : la peinture blanche renvoyait les rayons de lumière, longs serpentins sortis d'une boule de feu.

Les premiers jours de classe, Mary accompagna Thomas. Petit à petit, il fit le chemin seul, en prenant soin de ne pas mettre un pied sur la route, de longer le mur de la droguerie jusqu'au carrefour de Cold Street. Il tournait au coin de la troisième rue, passait devant le cabinet du dentiste, où une bande de chats galeux se partageaient des morceaux de viande avariée. Puis il finissait le chemin en courant, franchissait la passerelle en bois construite par son père et atteignait l'angle droit du terrain de base-ball, le souffle d'un chiot, la langue pendante, les narines gonflées. Les autres enfants étaient déjà présents, perchés sur les marches de l'école, jambes nues, ou assis en tailleur au milieu des cercles blancs tracés à la craie par leur professeur.

À quatre heures, Thomas quittait l'école. Il changeait d'itinéraire : au lieu de longer la droguerie, il prenait la petite rue jusqu'à l'avenue principale et s'arrêtait chez le docteur O'Brien qui avait pris l'habitude de distribuer des sachets de graines de tournesol grillées aux gamins. Son cabinet était d'une propreté éclatante, Thomas n'osait jamais toucher quoi que ce soit. Pourtant, installé derrière son large bureau en pin, O'Brien lui souriait d'un air si bienveillant qu'il se demandait souvent pourquoi son père ne le regardait jamais de cette façon.

Les gosses adoraient O'Brien, qui le leur rendait bien. Le médecin n'avait pas d'enfant. Les filles lui faisaient les yeux doux, elles lui apportaient toutes sortes de cadeaux : des tartes, des bouquets de fleurs, des tableaux pour décorer son intérieur, mais il ne craquait pas. Il faisait partie de ces hommes qui vivent pour ce qu'ils font et ne se laissent jamais distraire par le monde extérieur. Les mauvaises langues finirent par l'appeler Grand-Sec. Mais chaque fois qu'il passait la porte d'une maison et voyait des familles entières prostrées aux pieds d'un malade, il avait l'intime conviction qu'il n'était pas là pour rien, que ce qu'il faisait avait du sens.

Thomas ne fut jamais mauvais élève. Ses notes étaient stables, ni bonnes, ni mauvaises. Ses rédactions n'avaient rien d'original, mais contrairement aux autres mouflets de son âge il évitait les fautes d'orthographe et soignait son écriture. En classe, il s'installait à la troisième table en partant du fond, rang du milieu, à côté de Paul, un gamin qui sentait la lessive. Devant lui, quatre filles aux cheveux châtains, greluches en devenir, prenaient des mines effondrées quand Bubber leur rendait de mauvaises notes. À côté de la fenêtre, les frères Madison se mouchaient sans arrêt, persécutés par Dean et Marl, les deux boules de viande plantées au dernier rang.

La plupart des mômes rentraient à pied. Parfois, les mères venaient attendre à la sortie, accoudées à la balustrade de bois rongée par le vent et la pluie. L'une d'elles, Mrs. Debra, tenait un large sac en toile rouge cerise. Ses cheveux étaient relevés en un chignon discret formé de cinq boucles de largeur égale, chacune retenue par de fines épingles dorées en forme de marguerite. Elle portait des jupes longues toujours unies. Thomas avait remarqué que la couleur changeait selon le jour de la semaine. Ses ongles étaient soigneusement protégés par de jolis gants de cuir brun. De temps en temps, son mari la rejoignait. Le fils Debra, un gosse très maigre et très pâle, empruntait la passerelle entouré de ses géniteurs : sa mère portait ses affaires et son père lui caressait les cheveux. La main semblait douce, bienveillante, tout le contraire des longs doigts calleux de William. La famille Debra vivait dans une petite maison à l'écart de la ville, au bout d'un chemin de terre noyé sous la boue en hiver. Thomas regardait souvent Mrs. Debra quand il sortait parmi les premiers. Il savait qu'elle était une bonne mère, ses yeux ressemblaient à ceux de Mary. Elle dégageait une chaleur qui lui donnait envie d'aller se réfugier entre ses bras et de ne jamais en sortir, jusqu'à ce que tout soit éteint. D'autres fois, quand elle s'éloignait sur la passerelle, il aurait volontiers poussé son fils par-dessus bord et pris sa place.

Un soir, après avoir dépassé le cabinet médical, Thomas rencontra deux ouvriers embauchés à la scierie. Le premier, un type large d'épaules, tignasse couleur céréales, était déjà venu chez eux aider William à débarrasser du bois mort entassé derrière la véranda. Il portait une salopette de travail vert foncé agrémentée d'une poche kangourou pleine à craquer de paquets de mauvais tabac. Le deuxième, plus petit, avait une casquette bleu marine vissée sur le crâne. Ses cheveux noirs, tombant sur ses joues creuses, semblaient des branches de saule pleureur. Une fois ou deux, Thomas l'avait vu traîner du côté des cabanes abandonnées. Les deux hommes étaient couverts de poudre de bois ; de larges taches de sueur s'étalaient sur leurs vêtements de travail, de grosses gouttes serpentaient entre leurs yeux, formant une vapeur opaque qui s'échappait dans l'air. Thomas voulut les saluer et tendit la main vers le plus baraqué des deux. L'ouvrier se planta devant lui et prit sa tête entre ses mains rugueuses. Quelque chose n'allait pas. Le visage devant lui paraissait ravagé, il avait l'impression que sa tête allait exploser sous la pression des dix doigts massifs. L'homme le fixait avec une intensité que Thomas n'identifia pas tout de suite, puis il se rappela les yeux de sa mère le jour où le serpent avait escaladé le tabouret.

Ils restèrent face à face quelques secondes jusqu'à ce que l'ouvrier à la casquette crie :

– Dépêche-toi ! Nom de Dieu ! Va chercher O'Brien !

Le type en salopette détacha son regard, monta les marches du perron d'une traite. Il soufflait. Thomas était pétrifié. Les muscles tendus des deux hommes trahissaient leur angoisse, déformaient leurs visages.

O'Brien ouvrit sa porte, dévisagea l'ouvrier, puis, sans un mot, attrapa au vol sa sacoche, accrochée dans l'entrée, avant de s'engouffrer dans la rue principale. Il passa devant Thomas sans lui prêter attention. Le trio courut jusqu'à la scierie en soulevant des nuages de poussière blanche sur la route. D'où il était, Thomas pouvait distinguer les silhouettes qui se hâtaient vers la salle des machines, où son père entreposait les lames des scies.

Quand ils eurent disparu, le gamin se gratta les yeux, attrapa son sac posé contre l'escalier de bois et se dirigea vers le bourg. Il tourna au niveau du carrefour, courut jusqu'à la barrière, dont les lattes commençaient à se défaire par endroits. Sa rencontre avec les ouvriers l'avait mis en retard. Il savait que Mary détestait ça, qu'elle le soupçonnait, à juste titre, d'aller taper dans les réserves de sucreries du médecin au lieu de rentrer faire ses devoirs. En poussant la porte, il s'attendait à entendre les pas précipités de sa mère dans l'escalier. Un silence de plomb l'accueillit. Il crut d'abord que la maison était vide, puis remarqua la porte de la cuisine restée grande ouverte. Une brise venait lui ébouriffer les cheveux, le vent chaud se faufilait sous ses vêtements, gonflait le tissu de sa chemise en coton. Thomas déposa son sac dans l'entrée et sortit sur la véranda. Le ciel était rouge sang, d'étroites rayures violacées traversaient la ramure des arbres, perçaient les buissons devant lui ; la nuit tombait doucement. De grands oiseaux des bois s'échappaient d'entre les branches et faisaient frémir les premières feuilles rousses.

Mary ne bougeait pas. Assise sur la troisième marche de l'escalier. Thomas ne voyait que son dos et ses cheveux, retenus par des épingles noires au-dessus de la nuque. L'enfant s'assit à ses côtés, la tête appuyée sur le coude. Mary se tourna vers lui ; ses yeux luisaient, semblables à deux serpents de nuit. Sans un mot, Thomas enfouit sa tête dans ses genoux. Elle lui caressa les cheveux un long moment avant de dire : « Il est arrivé quelque chose, mon chéri. C'est ton père. »

Alors l'enfant se souvint de l'ouvrier à la salopette, de ses mains sur ses joues, du regard qu'il lui avait jeté. Il revit les trois hommes remonter la rue principale. Les genoux de sa mère étaient chauds, ils sentaient l'herbe et la terre mouillée.

Thomas agrippa violemment la jupe et se mit à suffoquer. Il savait à quoi ressemblait la salle des machines. C'est là que les trois hommes avaient disparu, laissant derrière eux une traînée de poussière qui retombait sur le sol comme un tas de cendres froides.

5

La plaie couvrait la majeure partie de la main droite : de l'auriculaire jusqu'au cartilage sous le pouce. La blessure semblait respirer tel un animal marin, le sang s'écoulait sur le sol couvert de moisissures et d'insectes crevés. Les muscles palpitaient. Tranchés net. Par chance, William n'avait perdu aucun de ses cinq doigts. O'Brien lui ordonna de rester chez lui les quinze prochains jours. D'abord, il avait cru que les nerfs étaient touchés ; finalement, même si la plaie semblait profonde, l'ouvrier pourrait se servir de sa main, sauf qu'une vilaine cicatrice couperait ses lignes de vie. Les deux acolytes de William avaient remercié Dieu le Père dix fois avant que le médecin ne leur demande de transporter le blessé. En chemin, ils avaient crié que c'était un miracle.

Mary prépara des oreillers épais pour son mari, changea les draps. Elle rajouta un traversin couvert d'une housse légère en toile contre la tête du lit. Thomas restait près d'elle, il contemplait la main bandée de son père, prêt à voir surgir un monstre. Épuisé, William dormait à poings fermés, ses yeux paraissaient enfoncés plus loin que jamais dans leurs orbites. Le médecin craignait qu'une mauvaise fièvre survienne dans les jours à venir, c'est pourquoi il avait conseillé à Mary de veiller sur son époux jusqu'à ce que la plaie soit entièrement cicatrisée et qu'il puisse de nouveau fermer et ouvrir sa main. Deux fois par jour, le pansement devait être changé, imbibé de désinfectant et serré sur toute la largeur de la paume.

La jeune femme suivit scrupuleusement les conseils du médecin. Chaque matin, elle se levait aux aurores pour redresser les oreillers de son mari, changer les pansements et laver la plaie. Elle attachait la bande avec une épingle à nourrice argentée, étincelante la nuit, illuminée par la lune qui filtrait à travers les volets clos. Au bout de deux jours, William commença à grogner : sa femme lui interdisait de sortir. Ordre du médecin. Quand il essayait d'agripper un objet, une douleur violente lui traversait la peau, il serrait les dents, et, de sa main valide, tenait son poignet droit de la même façon qu'un membre pourri.

Pendant quelque temps, Thomas évita de passer chez O'Brien sur le chemin du retour. Il rentrait directement chez lui, oubliait de quitter ses chaussures et montait l'escalier avant de frapper à la porte de la chambre conjugale. La voix rauque de son père lui répondait d'entrer. Silencieux, l'enfant pénétrait dans la pièce, les yeux baissés. Il s'approchait du lit, posait ses deux mains sur les barreaux de fer. William disait : « Lève les yeux, raconte-moi ta journée, montre-moi tes cahiers, ta veste n'est pas très propre, n'oublie pas d'aider ta mère, apporte-moi du café, viens plus près. » Il obéissait.

Au bout d'une semaine, William put de nouveau sortir. Les pansements restaient en place toute une journée avant d'être changés. La blessure se refermait, William semblait pressé de retourner travailler ; il tournait en rond dans la maison, pareil à un vieux chien de chasse. Mary le frôlait à peine, elle n'osait rien lui dire. Parfois, elle le surprenait, accoudé contre la balustrade de la véranda, à la regarder avec la même intensité qu'auparavant ; la lueur dans ses yeux revenait la frapper de plein fouet. Son époux l'avait aimée, ces quelques secondes lui suffisaient pour en avoir la certitude.

Puis, un matin, alors qu'elle apportait une bassine d'eau tiède pour laver les bandages, Mary trouva William dans l'escalier, les yeux exorbités. Il agrippait la rambarde de bois et cachait sa main bandée entre ses cuisses, des rides de douleur creusaient ses paupières, son souffle retentissait dans toutes les pièces. Effrayée, son épouse posa sa bassine sur la dernière marche, juste à côté du pilier de pin surmonté d'une boule de fer gris, saisit son mari, son bras ferme arrimé sous l'épaule. William gronda. Mary se crut face à un démon. De ses yeux giclaient des larmes qui s'écrasaient sur sa chemise de nuit. Ses narines gonflaient. Son corps entier tremblait. Mary lui caressa le front. Fièvre.

William délirait, ses cheveux, collés par la sueur, laissaient des taches noires sur les marches de l'escalier. Mary souleva le bras de son mari, posa la tête contre son torse, puis le dirigea d'un pas mal assuré vers leur chambre. Elle ouvrit la porte d'un coup de pied, étendit le corps sur l'édredon du lit. William poussait de petits gémissements inhumains, ses ongles sales déchiraient le drap sous les couvertures. La jeune femme descendit au salon et appela le docteur. Derrière son dos, Thomas se tenait dans l'embrasure de la porte. Comme elle, il attendait une explication. L'enfant n'avait jamais vu personne dans un tel état ; tandis que sa mère reposait le combiné sur son socle, Thomas pensa soudain qu'il ne voulait plus remettre les pieds dans la salle des machines.

O'Brien arriva vingt minutes plus tard. Des cernes noirs alourdissaient ses yeux. Sa veste sentait le chloroforme et l'eau oxygénée. Il entra sans frapper. Thomas l'attendait sagement, assis sur la deuxième marche de l'escalier. Il monta à l'étage, où la porte de la chambre était toujours fermée. Il frappa une fois, puis deux. O'Brien entendit la voix de Mary et pénétra dans la pièce en prenant soin de ne pas faire claquer ses chaussures cirées sur le parquet. Les volets étaient clos, mais la jeune femme avait laissé la fenêtre grande ouverte, de manière à préserver la fraîcheur matinale sans éblouir son mari. William était allongé sur l'édredon, un épais gant glacé posé sur le front. Sa femme avait ôté ses chaussures et remplacé la chemise de nuit trempée par un long drap très fin qui l'enveloppait du torse jusqu'aux mollets. Ses bras, ses chevilles et sa tête étaient d'une pâleur effroyable. Ses lèvres remuaient légèrement ; aucun son n'en sortait.

Le médecin s'approcha du lit, examina William, ses pupilles, sa respiration, puis dégagea la main bandée et défit le pansement avec une précaution presque théâtrale. Quand il eut totalement retiré la bande, il demanda à Mary de lui apporter un seau d'eau tiède mélangée à de l'alcool à 90°. Pendant qu'elle s'affairait dans la pièce voisine, O'Brien observa la blessure. De la plaie remontaient de longues fêlures noirâtres qui atteignaient le poignet, tandis qu'une légère couche de particules violacées commençaient à ronger son avant-bras jusqu'au coude. Le médecin soupira, fixa William avec des yeux vaincus. Lorsque Mary revint, le mélange entre les mains, il lui lança un regard mort. Le docteur la pria de sortir s'occuper de Thomas et prépara un cataplasme, tout en sachant qu'il n'y avait plus rien à faire. En badigeonnant le bras du malade, il se souvint du jour où les deux ouvriers étaient venus le chercher. William avait patienté trois bons quarts d'heure avant de recevoir les soins appropriés : la scierie, construite en hauteur, était difficile à atteindre, même pour quelqu'un de robuste. Malgré les médicaments, les pansements et le travail méticuleux de sa femme, la plaie, ouverte à vif par la machine de découpe, avait eu le temps de s'infecter.

Il déposa une nouvelle serviette imbibée de glace sur le front du malade, s'essuya les mains, rangea ses ustensiles et sortit. Le couloir était sombre. Les portes closes lui rappelèrent son enfance, la maison de ses grands-parents. Mary l'attendait, Thomas serré contre elle, un torchon dans les mains. O'Brien remarqua que sa mère lui avait coupé les cheveux plus court ; cela lui allait bien. Silencieux, ils descendirent les marches. La rampe de bois portait de légers éclats qu'il aurait fallu combler. Au moment de passer la porte d'entrée, le médecin se tourna vers la jeune femme.

– Je suis désolé.

Un léger sourire apparut sur son visage. Baignée par la lumière matinale, son fils niché dans sa jupe, elle était belle à crever. Ses cheveux, coiffés à l'ancienne, encadraient son visage, en intensifiaient l'expression douloureuse. Mary serra la main du docteur sans répondre. Elle n'attendit pas qu'il ait passé la rambarde pour fermer la porte derrière lui.

En longeant le chemin bordé de fleurs sauvages, O'Brien se sentit vieux. Coupable. Il n'y avait plus rien à faire pour William. La question était de savoir combien de temps son agonie pouvait durer.

Arrivé au carrefour du bourg, le médecin tourna sur la gauche, remonta la rue jusqu'à son cabinet. Des gamins chahutaient autour du perron, chantaient des ritournelles dont ils avaient arrangé les paroles. O'Brien, au lieu de sortir quelques trésors de ses poches, saisit le premier d'entre eux par le col et lui cria de décamper. Surpris, l'enfant se mit à pleurer, et toute la bande partit vers le terrain de sport. Le médecin ouvrit la porte à la volée, laissa son sac de cuir et sa veste tomber sur le sol. Sur son bureau, des dessins d'enfants, des ordonnances, des fioles de toutes les couleurs formaient un mélange saugrenu. D'un geste brusque, il renversa les bouteilles, fit tomber les piles de pochettes cartonnées, écarta les stylos et les tampons encreurs. Puis il alla à la fenêtre fermer les stores qui donnaient sur la rue et s'effondra sur un petit sofa défoncé placé dans l'angle le plus reculé de la pièce.

La gangrène tuait William. Pour le médecin, c'était la première fois qu'il échouait à guérir un patient aussi jeune ; il avait connu William à l'école, et jamais il n'aurait imaginé devoir l'enterrer avant son quarantième anniversaire.

6

Des dizaines de personnes se pressaient autour du buffet dressé entre les fenêtres de la salle à manger. Le matin même, les vitres avaient été nettoyées au vinaigre blanc. On apercevait la cime des sapins, baignée par la lumière du crépuscule. Sur la véranda, les anciens étaient assis en rang d'oignons. Chacun tenait son chapeau à bordure de velours contre sa cuisse, tous parlaient avec l'accent de la région, qui engloutissait les voyelles et rendait la conversation aussi fluide qu'un filament de miel s'écoulant au-dessus d'une tartine de pain noir. Parfois, une des femmes de service employées pour la journée sortait sur la terrasse apporter de longs plateaux d'argent garnis de pains au lait, de viandes froides et d'œufs en mayonnaise. À l'intérieur, les enfants s'étaient regroupés dans le hall et jouaient sans faire de bruit, assis en rond au bas de l'escalier, qu'un adulte empruntait pour monter chercher son manteau. En cuisine, les vieilles s'affairaient autour des fourneaux incrustés de graisse chaude ; elles piaillaient, colonie de poules pondeuses, tandis que les hommes fumaient des cigarettes, roulées dans du papier épais, adossés à la cheminée du salon. De temps à autre, quelqu'un levait son verre, demandait le silence et racontait sa petite histoire, alors on n'entendait plus que le bruit des becs des piverts contre le tronc des sapins, quelques mètres plus loin.

Il y eut des larmes. Des fleurs. Et beaucoup de cigarettes. Jamais Thomas n'avait vu les hommes fumer autant. Certains gardaient leur mégot collé au coin des lèvres, il devenait un organe nouveau, un troisième poumon nécessaire pour survivre à ce genre de cérémonie. D'autres étaient tombés raides endormis après les premières veillées funèbres, un verre de bourbon à la main, rempli aux trois quarts. Des bulles d'haleine alcoolisée se formaient sous leur nez à mesure qu'ils expulsaient toute la crasse accumulée par leurs tripes durant des années de fêtes, de baptêmes, et d'enterrements.

Thomas portait un costume noir et des chaussures sombres ayant appartenu à William. Ses cheveux étaient plaqués contre son front, il n'avait pas pu dire un mot devant le cercueil de bois descendu dans les profondeurs de la terre. Les fossoyeurs sentaient le mauvais vin, leurs visages luisaient aussi intensément que des lampes à pétrole prêtes à exploser. L'enfant ne savait pas ce qu'il fallait faire, il avait compris que toutes les personnes autour de lui, sombrement vêtues, étaient tristes, et qu'il ne pourrait plus jamais parcourir les pistes derrière le jardin en compagnie de son père, ni lui raconter sa journée et cacher le papier kraft qui enveloppait les bonbons.

Il avait vu sur le visage de sa mère une tristesse qu'il ne lui connaissait pas. Mary, joliment coiffée d'un ruban brun enroulé autour d'une seule natte, distribuait des verres d'alcool fort. Elle n'avait pas été heureuse avec William ; Thomas le savait. Il l'avait entendue pleurer quelquefois, quand son père rentrait plus tard qu'à l'accoutumée. Honteux, il s'était agenouillé devant le trou de la serrure pour voir sa mère figée devant son propre reflet. Immobile, muette. Il avait senti une peur profonde qui la liait à William, dont il était le fruit.

Thomas ne fut pas triste. Sa peau resplendissait à la lueur du crépuscule, à la manière d'une feuille de papier étendue sur une vitre au moment des premières chaleurs.

Il avait vu la blessure quand O'Brien était venu préparer ses cataplasmes. Au moment où le docteur avait quitté la chambre, tout était déjà fini.

La journée fut longue. L'enfant sentait les odeurs de transpiration, de mains moites dix fois serrées, de cravates sales dénouées. Il ne reconnaissait pas ces gens ; certains, paraît-il, étaient des cousins de son père. Des hommes au teint sale, aux yeux noirs, à la bouche fendue telle la queue d'un rat qui file à travers champs. Ils portaient de larges chapeaux de cuir pour cacher leurs visages et les protéger du soleil. Des enfants aux cheveux très longs étaient présents, Thomas ne les avait jamais vus à l'école. Ils parlaient avec un accent du Nord, leurs dents se chevauchaient. Quand ils riaient, on avait l'impression d'assister à un concert d'éclopés, les mots qu'ils crachaient semblaient ricocher contre les murs et retomber sur le sol, comme de minuscules crottes de chèvre séchées. Thomas ne se sentait pas bien. Il voulait monter dans sa chambre, fermer la porte à clé, retirer ce costume et s'allonger sur son lit. Il sentait monter en lui une lassitude rageuse qui lui picotait la gorge : les hommes n'étaient pas venus pour honorer son père, leurs corps étaient emplis d'un poison épais, l'alcool et la fumée leur brouillaient les idées, les transformaient en marionnettes de chair. Leur vie se résumait à choisir la bonne marque de whisky avant de rentrer vider leur bouteille, en pleurant devant les photos de famille.

En fin d'après-midi, les gosses, excités par la chaleur, sortirent dans le jardin pour jouer sur les troncs empilés entre le potager et le mur de chaux. En automne, le bois avait été coupé et entassé.

Les filles, pomponnées de près, coiffées à l'ancienne, riaient quand un des garçons tombait du rondin ; elles le pointaient du doigt et leurs robes de mousseline étaient parcourues d'un frisson juvénile. De temps en temps, un vieux, amusé par les mômes, se levait et descendait les marches du perron pour venir les rejoindre. D'une main experte, il les aidait à tenir en équilibre sur le tas de bois tout en leur expliquant qu'à leur âge il jouait lui aussi, et qu'il pouvait rester des heures sur les rondins sans tomber. Puis il rehaussait son chapeau, crachait un jet de salive noirâtre dans l'herbe et repartait d'un pas lent s'asseoir contre le mur. Il allumait une cigarette qui jaunissait la commissure de ses lèvres et rejoignait les autres en pleine conversation.

Puppa portait sa veste des grands jours, râpée au col, trop petite pour ses épaules aussi larges que les bois d'un cerf. Il avait embrassé Mary sur le front avant de sortir sur la véranda fumer avec les autres et surveillait discrètement le petit Hogan. Tandis que la marmaille s'amusait, Thomas restait assis sur l'escalier, à l'ombre, sa petite chemise de coton ouverte pour laisser la brise de fin d'après-midi s'infiltrer sous ses vêtements. Les cheveux gominés lui donnaient l'air triste d'un clown en fin de carrière. Puppa ne connaissait pas Thomas, ils ne s'étaient jamais vraiment parlé, mais tout dans l'attitude du môme lui rappelait la violence contenue qui avait frémi chez William. Sa façon de se tenir en retrait, son regard quand une gamine criait trop fort, le mouvement de ses lèvres sans que le moindre son s'en échappe, il y avait quelque chose de son père en lui, un mauvais sang qui roulait dans ses veines : l'écume avant l'orage.

Puppa quitta les Hogan avant la tombée de la nuit. Après avoir embrassé Mary un peu trop près des lèvres, il se rendit chez O'Brien et trouva le médecin allongé sur son canapé, la chemise ouverte, une bouteille de vieux bourbon posée sur le parquet où un tapis de tissu rouge bordeaux était peu à peu dévoré par les mites. O'Brien lui fit signe d'entrer et attrapa un verre propre dans le buffet à côté du sofa. Puppa retira sa veste, serra la main moite du docteur et s'assit à même le sol, adossé à l'accoudoir gauche du canapé. Le cabinet empestait le tabac froid et la sueur, les stores fermés repoussaient la lumière et l'air frais à l'extérieur. De larges traces de poussière couvraient la majeure partie du bureau et des étagères. Le médecin, ivre mort, restait allongé, la bouche grande ouverte, les yeux rivés au plafond.

Puppa voulut parler de l'enterrement. O'Brien n'était pas venu. Il avait célébré la mort de son ami d'enfance seul, accompagné d'une bonne bouteille et de toute sa foutue culpabilité. Le vieux voulut lui dire qu'il n'y était pour rien ; de telles choses arrivent tous les jours, des enfants meurent dans des caniveaux débordants de pisse, des vieilles femmes pourrissent au milieu des rues des grandes villes, et des hommes crèvent chez eux, dans leur lit, dévorés par la gangrène et leurs mauvais souvenirs.

Puppa pensa qu'O'Brien n'aurait pas pu sauver William, même avec les meilleurs soins du monde. L'ouvrier portait en lui cette horreur fréquente chez les hommes de la campagne, cette humeur noire qui anéantit tout autour d'elle. Il aurait voulu dire ça, mais, après avoir vidé son verre de bourbon chaud, il fut pris d'un haut-le-cœur qui le cloua sur place. Il essaya de respirer profondément et fixa le bureau devant lui. Des feuilles jaunies par l'obscurité traînaient, éparpillées au milieu des morceaux de charbon végétal et des ustensiles de chirurgie. Alors, tandis que sa nausée passait doucement, il se rendit compte que l'odeur qui régnait dans la pièce était plus forte qu'une simple fumée de cigarette : le cabinet du docteur O'Brien puait la mort, Puppa pouvait sentir le froissement des linceuls et l'humidité de la terre mouillée où reposaient les cercueils. Effrayé, il se leva d'un bond, adressa un rapide signe de tête au toubib endormi les yeux ouverts, puis sortit à la hâte, dévala les marches du perron et courut le long de l'allée principale. On aurait pu croire que le fantôme de William le poursuivait jusque chez lui.

7

L'été, l'herbe autour du terrain de sport devenait jaune. Elle séchait, brûlée par la chaleur, piétinée par la course incessante des élèves de troisième année qui tentaient, en vain, de battre le record du champion en titre depuis quatre ans, Alexandre Nicholson. À l'école, le garçon était devenu une véritable légende ; les filles parlaient de lui comme d'une voiture qu'elles ne pourraient jamais conduire, et les autres adolescents crevaient de jalousie quand ils le voyaient passer devant la grille au bras d'une demoiselle de cinq ans son aînée, jupe courte et chemise à fleurs.

Thomas avait essayé de relever le défi ; pourtant, malgré ses muscles endurcis par le travail en forêt, malgré la sueur qui perlait sur son front telle une vague en suspens au-dessus d'une plage de sable blanc, il ne pouvait pas être plus rapide qu'Alexandre.

La secrétaire avait même accroché une photo de lui dans le hall principal, le jour de sa victoire au tournoi régional. Tous les mômes connaissaient le sourire du vainqueur, étalé sur sept centimètres de papier blanc, entre les annonces des professeurs particuliers et les résultats des examens de fin d'année. Ce type était une légende ; il en existe dans les écoles de chaque comté. Il n'y avait rien à faire pour le battre, si ce n'était d'établir un nouveau record dans une autre discipline.

Après la mort de William, Mary avait cherché du travail dans les villes voisines, et le directeur s'était montré généreux en lui attribuant un nouveau poste. Ainsi, elle partait chaque matin après son fils, et, quand celui-ci fut admis à la Gary Middle School, elle le conduisit tous les jours jusqu'à son bâtiment avant de repartir vers le sud, à dix kilomètres. Le soir, elle faisait le trajet en sens inverse, Thomas l'attendait au carrefour d'Alden, juste entre la route principale rénovée par les autorités locales et le magasin de jouets. L'été, un vendeur de glaces se postait devant l'école, et Thomas en réservait deux à la menthe ; sa mère dégustait la sienne au volant, son gobelet à la main, les yeux rivés sur la route.

Ils parlaient peu. Thomas ne demandait rien, il restait près d'elle, semblable à un lièvre qui protège son terrier. Parfois, au moment des premières pluies, Mary faisait un détour par la vallée pour admirer les prés mouillés ; de gros nuages gris, qui ressemblaient à ces gigantesques colonnes de fer abandonnées dans les champs, moussaient au-dessus des herbes ; des rongeurs fendaient l'air et couraient se cacher dans l'ombre des bois. Un après-midi d'avril, Thomas avait trouvé un renard mort dans le fossé juste devant la voiture. La vue du cadavre à moitié dévoré lui avait mis le cœur au bord des lèvres.

Quand il croisait O'Brien en ville, le docteur évitait son regard, ses gestes devenaient aussi fébriles que ceux d'une vierge avant ses noces. Thomas voulait le voir, lui parler, lui montrer qu'il n'y était pour rien, mais quelque chose l'empêchait de frapper à sa porte. Une main invisible le retenait par le col, son cœur se mettait à battre la chamade. Depuis la mort de son père, O'Brien n'était pas revenu à la maison, même s'il passait devant la rambarde trois fois par jour.

En ville, rien n'avait changé. Les gosses grandissaient plus vite que leurs parents ne pouvaient l'imaginer. Ils se retrouvaient aux mêmes endroits, aux mêmes moments. Parfois, Mary conduisait Paul en ville, qui avait partagé sa table de classe avec Thomas dans ses premières années d'école. Les deux adolescents étaient devenus bons amis. Pourtant, à quinze ans, Paul avait pris les traits d'un jeune homme dur de carcasse, tandis que son compagnon restait malingre : son teint cireux faisait fuir les filles. Mary savait que son fils portait en lui ce que son père redoutait : il était trop fragile, trop sensible, sa voix vibrait. Son corps ressemblait à une guitare mal accordée.

Paul et lui ne se quittaient pas. Peu à peu, une compétition silencieuse s'était installée entre eux, Thomas croyait qu'il devait coûte que coûte prouver à son ami qu'il pouvait s'en sortir seul. Il voulait lui montrer qu'en son sang coulait autre chose qu'un fleuve de mauvais souvenirs, et que son corps n'était pas qu'une couche de poussière accumulée par les promenades en forêt. Paul adorait la chasse, la course et le tir à vue ; Thomas préférait la pêche, la marche et l'escalade. Les deux comparses passaient leur temps libre à longer les pistes de la propriété. Chaque fois, ils revenaient, haletants, trophées en main : un lièvre pour Paul, des œufs de grouse pour Thomas. Mary les félicitait, sans rien dire du regard mauvais que son fils lançait à l'animal mort fraîchement étouffé par la main vigoureuse de son ami.

Le dimanche, Thomas se rendait sur la tombe de son père. Mary ne l'accompagnait pas ; son fils n'avait pas besoin d'elle. Il partait avant la nuit, poussait la grille du cimetière délimité par une haie de cyprès à cent cinquante mètres de l'église, puis longeait l'allée principale jusqu'au troisième rang où une dizaine de tombes, alignées dans l'axe, imitaient une troupe de soldats de pierre. Thomas nettoyait l'emplacement, arrosait les quelques plantes qui végétaient dans de larges pots de terre noire, puis reculait pour examiner l'inscription sur le marbre sale. Il n'avait rien à dire, rien à faire. Thomas ne savait pas quoi penser. Il admettait que la mort de son père ne l'attristait pas. Planté devant les restes de William Hogan, il se sentait coupable. S'il venait tous les dimanches, c'était pour se prouver qu'il n'avait rien d'un mauvais fils. Il ne pouvait pas passer entre les mailles du filet, les enfants doivent venir pleurer leurs parents disparus, quand bien même leurs yeux seraient aussi secs qu'un nid de tourterelles.

Paul l'avait accompagné une ou deux fois, quand ses parents jouaient aux cartes chez les voisins. Il restait en retrait, face à la tombe, les mains dans les poches, une cigarette coincée entre ses lèvres de futur voyou. Une partie de sa famille était enterrée ici, mais Paul ne prenait pas la peine d'arroser les plantes. Sa mère s'en chargeait tous les deux jours depuis plus de trente ans, de quoi connaître l'endroit mieux que les macchabées eux-mêmes. Elle marchait d'un pas lourd, chargée d'arrosoirs en plastique couverts de crasse et de poussière mouillée. Ses mains calleuses raclaient la terre autour des emplacements, ses cheveux retenus par un foulard sombre lui donnaient un air sévère. Thomas évitait son regard. Quant à Paul, il faisait mine de ne pas la voir. Les deux garçons remontaient la route jusqu'à la rivière, sans prononcer un mot.

Ils ne parlaient pas de William, encore moins du docteur O'Brien. Paul connaissait Thomas depuis l'école primaire, mais il n'osait pas lui demander à quoi ressemblait la main de son père. Il ne décelait pas la moindre trace de colère chez son ami ; Thomas ne s'emportait jamais contre les objets autour de lui, il se battait peu et très mal. Pour un garçon de son âge, ses poings étaient trop fins et ses coups maladroits, il ne savait pas où frapper ni à quel moment. Il évitait les situations à risque. Au contraire, Paul pouvait sans problème coller ses cinq doigts dans la première gueule venue.

Au fil du temps, ses mains devenaient deux masses dures, elles fendaient l'air à toute vitesse, écrasaient le cartilage plus vite que du gros sel. À six ans, il avait commencé à se battre contre Dean et Marl, quand les deux sacs à viande s'étaient mis en tête de lui piquer son déjeuner. Le gosse leur avait décoché une série de torgnoles bien placées dont les frangins allaient se souvenir toute leur chienne de vie. Depuis ce jour, on lui fichait une paix royale, Thomas en profitait, tapi dans l'ombre de son ami. En contrepartie, il l'aidait pour ses devoirs car Paul était aussi doué en bagarre que nul en mathématiques. Ses professeurs avaient tendance à le considérer comme le dernier des crétins, ils le regardaient d'un œil hargneux, et Paul leur répondait en formant un énorme jet de salive blanchâtre qu'il faisait mousser entre ses dents sans jamais l'éjecter sur la copie de son voisin. Par chance, Thomas et lui se trouvaient toujours placés côte à côte. Lors des contrôles en classe, ils échangeaient de petits billets pliés en huit, griffonnés à la va-vite. Paul s'en sortait avec la moyenne, tandis que son complice caracolait en tête de classe, sans jamais se faire attraper. Pour les devoirs à faire chez soi, Thomas en rédigeait deux différents, et Paul lui fournissait des cigarettes en échange. Mary était au courant : elle les avait surpris, derrière la maison. Thomas s'était retrouvé pris au piège, ses joues avaient rosi plus vite qu'une peau de poulet pendue en plein soleil. Depuis ce jour, les deux garçons faisaient leurs petites affaires dans la cour de l'école, perchés sur les bancs incrustés de terre séchée.

Au cours de la troisième année à Gary, Paul ne vint plus en cours de sciences. Il passait son vendredi après-midi dans les rues de la ville, en compagnie de petits caïds. Thomas avait de plus en plus de mal à rendre des devoirs pour deux, et, lors du deuxième examen trimestriel, le fils Hogan se retrouva avec une note inférieure à celle de son ami, lequel se mit en quatre pour tenter de le consoler. Il lui donna deux paquets de clopes supplémentaires, ainsi qu'une paire de chaussures de bûcheron flambant neuves. Thomas ne voulait pas savoir d'où elles sortaient. Paul paraissait sincèrement désolé, il promit de faire ses devoirs lui-même à l'avenir. De ne demander de l'aide qu'en cas de force majeure, ce qui arriva quatre mois plus tard, lors du dernier examen de passage en quatrième année.

Paul n'était pas venu en cours de toute la semaine. Un de ses nouveaux amis, Calvin, passait devant la grille tous les matins, l'air hagard, les yeux à demi clos, la maladresse d'un chiot qui pointe la truffe au grand air pour la première fois. Thomas mourait d'envie d'aller lui demander ce que pouvait bien foutre ce crétin de Paul, jusqu'à ce que celui-ci rapplique le jour des dernières épreuves. Sa chemise n'avait pas été lavée depuis longtemps, et visiblement, Paul n'avait pas dormi chez ses parents les dernières nuits. Il lui expliqua qu'il s'éclipsait vers minuit pour rejoindre Calvin, Chris et Crosby à trois kilomètres de la ville, au bord du lac, à l'endroit où le grand-père de Calvin avait construit une cabane de pêcheur quelques années plus tôt. Le lieu était devenu le repaire favori de son petit-fils et de ses comparses, ils y passaient leurs nuits à boire du whisky que certains distillaient eux-mêmes dans des bidons volés près des usines. Paul revenait dans sa chambre vers cinq heures du matin, ni vu ni connu, il se faufilait sous les couvertures, tout habillé, jusqu'à ce que sa mère frappe deux coups contre le mur pour lui dire de descendre prendre son petit déjeuner.

Au début, il ne sortait en douce qu'une ou deux fois par mois. Puis, tandis que Thomas travaillait de plus en plus dur en classe, Paul prit l'habitude de sauter la barrière de pin chaque soir, pour retrouver ses amis, puis il rentrait chez lui, lessivé, malade comme un régiment de soldats polonais. L'école était le dernier de ses soucis, et, souvent, le matin, quand Mary passait le chercher en voiture pour conduire les garçons en ville, il attendait qu'elle ait tourné au carrefour des Chinois pour prendre la direction opposée et filer dans les petites rues, où Calvin et les autres l'attendaient, somnolents, assis sur des caisses de bouteilles vides qu'ils retournaient contre le mur de chaux. Paul ne quittait plus ses nouveaux copains. Thomas ne le voyait que le matin, quand sa mère passait le prendre en voiture. Il essaya, en vain, de lui parler, mais Paul le regardait avec des yeux de fouine sous héroïne, l'air de dire *Toi et tes bonnes notes, je vous emmerde*. Thomas avait bien envie de rétorquer *Tu en profites bien, des bonnes notes*, mais il se taisait et passait la grille sans se retourner, attendant que Paul ait décampé pour s'arrêter près du banc de bois où ils avaient jadis partagé plus qu'une simple cigarette.

Thomas ne savait pas s'il était triste, s'il regrettait l'école du professeur Bubber, le temps où son père était encore sur les rails. Il ne se demandait pas pourquoi Paul n'en avait rien à faire, ça ne le regardait pas. Chaque fois que son ami lui rappelait ses « bonnes notes de merdeux », il tentait de comprendre à quoi celles-ci pourraient bien lui servir, lui qui n'avait pas la moindre idée de son avenir. Souvent, il s'était mis en tête de lâcher l'école pour s'occuper de la propriété seul, afin de laisser Mary souffler un peu. Sa mère passait la majeure partie de son temps libre à se briser les os : elle déblayait, plantait, arrachait, coupait, nettoyait chaque parcelle de terrain avec une patience et un amour du travail bien fait que Thomas n'avait jamais vu ailleurs, à part peut-être lors des visites du docteur O'Brien.

Alors, au matin des examens, quand Paul vint le trouver, la gueule enfarinée, Thomas refusa de prendre des risques une fois de plus.

Ils étaient dans le couloir, appuyés contre le mur, où de larges affiches en noir et blanc vantaient les mérites des nouveaux cahiers Fleetwood. Thomas portait son sac en bandoulière, ses cheveux propres sentaient la poussière de bois et le goudron chaud. Ses yeux paraissaient plus clairs, d'une clarté d'eau, sa bouche dessinée au crayon : un personnage de dessin animé qui se serait trompé de film. Paul se tenait légèrement en retrait, les épaules en avant. Ses tifs avaient la couleur du whisky frelaté, il portait une vieille chemise de paysan déchirée à l'épaule, sous laquelle on pouvait distinguer une peau rêche et sale. Ses dents semblaient se mettre des claques, les mots sortaient tant bien que mal, ricochaient contre les parois de ses gencives et atterrissaient dans l'oreille de Thomas.

Paul le supplia. S'il ne lui donnait pas les réponses, l'adolescent pouvait dire bye-bye à son diplôme de fin d'année, et ses parents seraient mis au courant de ses combines. Il promit de voir Calvin moins souvent, de rester coucher chez lui les week-ends et annonça qu'il donnerait huit paquets de cigarettes à Thomas si celui-ci l'aidait pendant le contrôle. Ses yeux puaient le mensonge, la bière et le manque de sommeil.

L'espace d'une seconde, Thomas eut tellement pitié de son ancien ami qu'il faillit lui accorder son aide, mais, au moment où il allait le prendre par l'épaule, une voix au bout du couloir retentit, rebondit contre le carrelage et vint s'échouer aux pieds des deux garçons :

– Paul ! Ramène ton citron, Crosby nous attend dehors. Bouge-toi le train !

C'était Calvin.

Thomas ne l'avait jamais vu d'aussi près. Ce type était une masse de muscles entrelacés tels des brins de paille séchés, ses vêtements semblaient ne faire qu'un avec son corps, il portait sa chemise en coton comme une seconde peau. Des cheveux blonds, coupés court, éclaircissaient son visage de sale gosse et lui donnaient un air de boxeur prêt à monter sur le ring.

Thomas comprit pourquoi Paul avait été séduit. Son assurance vous flinguait au premier coup d'œil. Ses mots dégageaient une bienveillance électrique qui vous donnait envie de faire le tour du monde en sa compagnie, même si, malgré ses airs d'angelot tombé d'un cumulus, Calvin avait l'âme plus sombre qu'un sac de charbon frais.

Paul tourna les talons, se redressa et courut rejoindre Calvin. Extatique, Thomas regardait les deux adolescents se serrer la pince à la manière de mafiosi à la sortie d'un cimetière italien. Paul lui jetait des regards inquiets tandis que Calvin lui tapait sur l'épaule en lui promettant deux litres d'une bière bien fraîche. Thomas soupira, longea le couloir et atteignit Paul avant que celui-ci ait pu dire quoi que ce soit. Il fixa Calvin d'un air calme, amical, puis attrapa son ami par le bras et le traîna dix mètres plus loin. Paul ne disait rien. Quand Thomas lui demanda s'il comptait se soûler le jour de ses examens, alors qu'il venait juste de lui promettre d'arrêter ses sorties nocturnes, il le fixa d'un œil mauvais. Un regard de chien, puant de rancune. Paul approcha son visage près du sien, scruta son regard, son nez, son front, puis décocha un jet de salive qui manqua de l'aveugler.

Thomas s'essuya le visage avec sa manche, plus surpris qu'en colère, et tandis que Paul s'échappait dans la cour en gueulant des insanités, il se promit de cartonner à l'examen, et d'avoir son nom inscrit en lettres majuscules en haut de la première colonne sur les listes de résultats. Il n'avait rien à prouver, mais il souhaitait ne plus jamais avoir à rencontrer Paul, il voulait qu'il disparaisse, que tout soit terminé, que rien n'ait jamais existé entre eux.

Thomas effaça jusqu'à leur rencontre sur les bancs de l'école. Il oublia qu'ils avaient fumé leurs premières cigarettes ensemble, se jura de ne jamais fumer les dernières en sa compagnie. La sonnerie retentit. Une cinquantaine d'élèves vinrent se ranger le long du mur en attendant l'appel.

Dehors, Calvin et Paul entamaient leur première bouteille. Ils ronronnaient, aussi tranquilles que deux chats de gouttière assis sur le couvercle d'une poubelle municipale. Les deux garçons n'entendaient pas le grondement de l'orage. Tandis que Thomas commençait à rédiger son premier devoir de grammaire, Paul, les yeux fiévreux, inspira un grand coup et jeta sa bière de toutes ses forces contre les carreaux de la salle de classe, qui explosèrent dans un bruit de fête nationale.

8

Depuis le décès de William, Mary et Thomas entretenaient la propriété. Chaque soir, vers sept heures, ils descendaient jusqu'aux pistes, en contrebas des sapins. Les chemins bordaient un ruisseau qui gelait l'hiver et disparaissait l'été. Plusieurs fois, quand il venait tôt, Thomas avait vu des biches s'y abreuver. Quelques têtards dansaient à la surface, les oiseaux volaient à ras de l'eau et plantaient leur bec entre les cailloux. Autour de la maison, la nature vivait. Lorsqu'il se promenait seul, Thomas avait la sensation qu'elle respirait par ses poumons. Les chasseurs ne venaient plus braconner sur le terrain des Hogan. À l'aube, on entendait les cris des oiseaux de nuit et le souffle de la bruine entre les sapins. Les lièvres se faufilaient dans les terriers, tandis qu'un renard traversait la route du bourg pour atteindre les champs de céréales. Le jour, un silence de plomb régnait sur la propriété, seul le vent faisait frémir les feuilles des arbres et craquer leurs branches. Mary et Thomas rentraient vers cinq heures, ils mangeaient tôt, laissaient une part de tarte au frais et partaient faire le tour de la maison par les pistes. Le trajet durait une bonne heure et demie, ils rentraient avant la nuit et dégustaient leur dessert, affalés sur les fauteuils de la véranda que Mary avait pris soin de rembourrer avec de vieilles couettes et des pelotes de laine sèche.

L'été, quand la chaleur devenait trop insupportable, ils s'allongeaient sur les planches de la terrasse et comptaient le temps qu'il leur faudrait pour stocker toutes les cordes de bois préparées pour l'hiver. Mary préparait des pichets de citronnade fermés par un couvercle en fer. Puis elle se traînait nonchalamment jusqu'à l'orée des bois, où un minuscule puits, coincé entre deux troncs, exhalait des relents de vase et d'eau fraîche. Un large morceau de crin était attaché à la racine d'un arbre et s'enfonçait dans le trou. Mary nouait la corde autour du pichet, laissait la citronnade reposer une bonne heure dans l'eau, puis remontait le pot et salissait sa robe, éclaboussée par de fines gouttes de terre humide. Elle portait le pichet contre elle, revenait sur la terrasse, où Thomas l'attendait, le front dégoulinant d'une sueur qui s'écoulait sur les planches brûlantes de la véranda.

Parfois, ils se serraient l'un contre l'autre, éblouis par la lumière ; deux chats de campagne qui se lèchent mutuellement les oreilles avant de s'enfuir dans l'escalier d'une cave humide. Ils n'étaient pas heureux. Ils voulaient juste avoir le temps de s'ennuyer, de regarder les plants de salade cuire au soleil sans devoir se lever pour aller les arroser.

Petit à petit, ils s'éteignaient, semblables à des bougies dont la cire se consume.

Ils n'étaient pas heureux, mais ils se sentaient bien, et cela suffisait. Mary avait le sommeil lourd, rien ne l'empêchait de sombrer le soir, pas même l'absence de mains tièdes accrochées à ses flancs. De son côté, Thomas dormait d'un sommeil sans rêves, il ne voyait rien, il n'entendait pas ce que Paul appelait « le chant des greluches ». Ses cheveux devenaient plus épais, son corps durcissait. Les nuits étaient calmes, la demeure de William Hogan semblait pétrifiée, ses habitants silencieux hantaient les pièces sans laisser ni traces ni odeurs ; les visiteurs de passage fixaient les deux oiseaux tel un couple étrange qu'il ne fallait pas déranger.

O'Brien revint.

La première fois, ce fut pour soigner l'arcade sourcilière de Thomas. L'adolescent avait glissé sur la pente humide d'un ravin, en amont de la rivière, et avait fini sa chute contre un rocher en forme d'œuf où deux corbeaux se fendaient la poire. Le médecin était venu dans la matinée, ses mains étaient plus épaisses qu'avant, ses yeux moins sombres, et, quand Mary avait ouvert la porte, il ne s'en voulait plus du tout. La mort de William était une affaire classée, il se rappelait vaguement avoir bu quelques verres d'un bourbon tiède pendant plusieurs semaines, mais, à présent, la seule pensée qui lui traversait la cervelle était celle de Mary allongée sur son édredon. Elle avait changé, ses hanches étaient pleines, sa bouche brillait au soleil à la manière des bulles de limonade traversées par un rayon de lumière blanche. O'Brien était revenu, il avait trouvé Thomas grandi, et Mary plus belle que dans son souvenir.

Tout ne redevint pas comme avant. Parfois, l'image de William revenait à la charge, surtout quand le médecin posait son bras contre celui de sa patiente. Néanmoins, la maison sentait bon, il n'y avait rien à craindre, et rien à perdre. O'Brien trouvait que Thomas s'en sortait plutôt bien, il tentait parfois de demander des nouvelles de Paul, mais dès qu'il abordait le sujet, le visage du gamin se fermait tel un couvercle de cercueil.

Thomas fuyait son regard, il semblait perdu dans ses pensées, son esprit lui jouait des tours de passe-passe ; tout ce qui l'entourait avait un sens momentané. Il n'avait jamais été violent, ni impertinent, ses camarades venaient volontiers partager leur déjeuner en sa compagnie, mais passé la grille de l'enceinte scolaire, le garçon semblait disparaître, s'évaporer, effacer sa journée d'un coup de chiffon.

O'Brien avait connu William au même âge. Même s'il se rangeait dans la catégorie des « gros bras », il portait en lui une tristesse infâme qui anéantissait tout ce qui s'approchait. Thomas évoquait le même désespoir. Le médecin s'en rendait compte, Puppa l'avait senti le jour de l'enterrement, mais personne ne fit jamais de remarque, si bien qu'au fil du temps le gosse se changea peu à peu en un jeune homme silencieux, que les hommes de la ville ne saluaient que d'un vague signe de tête.

Paul n'était pas revenu.

Parfois, à l'école, Thomas le croisait dans un couloir, avachi contre le mur, sa veste retournée, les cheveux coupés court sous les oreilles. Il ne le reconnaissait pas. Ses paupières avaient pris une teinte fauve, des mites semblaient s'échapper de ses orbites à chaque fois qu'il clignait des yeux. Thomas passait sans s'arrêter. Tête haute, il tentait d'imaginer sa vie future, dans la maison de son père, protégé du monde extérieur par les massifs de ronces et les arbres centenaires. Pourtant, dès qu'il entrait en classe, il ne pouvait s'empêcher de penser à Paul. Le regard mauvais de son ancien compagnon lui rappelait la main pourrie de son père, il voyait de longs filaments noirs naître au coin de ses feuilles de cours et se faufiler le long de sa table. Ses hallucinations disparaissaient aussi vite qu'elles étaient venues, mais plus le temps passait et plus elles gâchaient ses journées, si bien qu'il craignait les couloirs, faisait des détours compliqués par les bâtiments administratifs pour s'éviter de nouveaux malaises. Mary n'en savait rien. À la fin des cours, il quittait précipitamment l'école, marchait d'un pas vif jusque chez lui, oubliant que sa mère l'attendait au carrefour. Sur le chemin du retour, elle klaxonnait deux fois avant de se garer à sa hauteur. Thomas montait, baissait la vitre et lui demandait comment s'était passée sa journée, sans expliquer pourquoi il ne l'avait pas retrouvée à l'endroit habituel.

Mary ne demandait rien, elle lui caressait les

cheveux, allumait une cigarette et conduisait d'une main. L'été, la lumière perçait sa chevelure et éblouissait Thomas ; il se recroquevillait sur son siège, la tête penchée contre l'épaule de sa mère. En hiver, ils portaient chacun une large écharpe de laine, des gants noirs et des chaussures montantes en cuir. Des cercles de vapeur se formaient sur leurs lèvres, envahissaient l'intérieur de la voiture, s'écrasaient contre les glaces gelées.

Thomas aimait qu'elle vienne le chercher. Après les cours, les élèves de sa classe préféraient aller traîner en ville. Il ne les accompagnait jamais ; son seul souci était de rentrer le plus tôt possible, d'aller s'allonger sur la véranda, d'attendre que le jour disparaisse derrière l'église du père Milchan. Alors seulement, il se permettait d'imaginer ce qu'aurait pu être sa vie si William vivait encore, et, chaque fois, il voyait sa mère silencieuse au-dessus des fourneaux, sous l'œil sombre de son mari, pendant que leur fils rentrait à pied. Thomas avait honte de penser qu'il ne pouvait rien demander de plus. Il savait que si son père pouvait le voir à ce moment précis, il lui cracherait dessus. Comme on fouette les flancs d'un ânon pour lui apprendre à marcher droit.

9

La scierie avait été construite en 1924.

Au soleil, les lattes de bois brillaient, renvoyaient des rayons de lumière blanche sur les façades de la ville. Les gosses ne pouvaient pas y aller, les filles non plus. Le soir, les ouvriers descendaient jusqu'au centre-ville, en file indienne, dans leurs salopettes sales : on aurait cru une chenille géante. Leurs visages étaient blancs de poussière, leurs mains épaisses. Ils s'arrêtaient à l'épicerie prendre les commandes du matin.

Pendant des années, William Hogan avait fait partie de la troupe. Puis il avait dirigé une petite équipe de six ouvriers, amis depuis l'école maternelle. Ces types avaient grandi ensemble : des plantes dont les racines s'entrelacent et ne peuvent jamais s'arracher les unes des autres. Puppa n'échappait pas à la règle. Ses poings avaient cogné les mêmes visages, fait trembler les mêmes épaules. Il ne savait pas à quoi ressemblaient la mer, les trottoirs des villes et les enseignes aux couleurs aveuglantes. Il n'avait jamais vu d'animaux tropicaux, il ne connaissait pas le goût des crevettes.

Les autres non plus. Et ça ne les dérangeait pas. Ils vivaient de ce qu'on leur avait montré dans leur enfance, attachés à leur terre telles de jeunes pousses à un sol humide. Ils n'avaient pas besoin du reste du monde pour s'en sortir dignement. Ils en étaient fiers, ils l'apprenaient à leurs enfants, qui, à leur tour, l'enseignaient à leur progéniture. La chaîne ne se brisait pas, personne ne se plaignait. Ceux qui quittaient le comté ne revenaient pas ; leurs noms disparaissaient des conversations, leurs visages s'effaçaient à mesure qu'ils s'éloignaient. Les anciens ne leur accordaient aucune bienveillance, et si l'un d'eux revenait, il devait attendre plusieurs mois, voire plusieurs années, avant d'être à nouveau considéré comme un homme à part entière.

Depuis la mort de son père, Thomas ne montait plus voir les ouvriers. Il posait son regard sur les lattes grises et continuait vers l'église. À presque dix-neuf ans, il avait fini par se faire à l'idée qu'il ne quitterait jamais la région. Tout compte fait, cette perspective lui plaisait. Il connaissait les pistes, les chalets, il savait qui se levait tôt, qui se couchait tard. Et l'inverse. Il était habitué aux vieux amis de son père, aux premières amours de Mary, il appréciait O'Brien, et par-dessus tout, il adorait la propriété, ses bois, ses chemins, ses détours creux, le bruit du vent sous les fougères, la vapeur des troncs l'hiver, quand les arbres transpiraient par leur peau rugueuse. Thomas voulait vivre ici, se soûler ici, faire l'amour à sa future femme dans les draps tièdes du premier étage. Il voulait sentir l'odeur des omelettes jusqu'au jour de sa mort et fumer ses cigarettes allongé sur les planches de la véranda. Il se voyait travailler ici, monter sa propre entreprise, ou peut-être enseigner au collège le plus proche. La ville lui appartenait, elle s'agitait en lui, respirait à travers ses poumons.

Parfois, Thomas croisait Paul au Blue Budd, un rade aux allures d'hôtel hanté planté entre deux allées de gravier. Le gérant, un type pas très regardant sur l'âge de ses clients, était l'oncle de Paul. Il portait une barbe malodorante, ses yeux faisaient deux trous noirs sous son front ridé. Les deux jeunes hommes ne se saluaient pas. Paul devenait gras, il crachait, ruait, soufflait à la manière d'un bœuf. Ses amis profitaient de son oncle, de son argent, du terrain derrière le bar jonché de bouteilles vides, de cageots renversés et de mégots puants. Thomas venait pour une partie de poker, il ne pariait jamais très gros. Ses partenaires étaient des types qui avaient connu son père, des chauffeurs de bus et des flics aux longues cannes qui ne savaient pas quoi faire de leur vendredi soir. L'oncle de Paul acceptait Thomas dans son établissement mais ne lui servait pas une goutte d'alcool, de sorte que, contrairement aux habitués, il marchait droit en sortant et ne vidait pas ses intestins en route.

Thomas était réputé bon joueur : il ne trichait pas, ne crachait pas sur la table quand il perdait et savait s'arrêter à temps. Les filles lui tournaient autour, se penchaient sur son épaule, les lèvres demandeuses. Il ne cédait pas. De temps en temps, son regard s'attardait sur une paire de seins, mais les clientes du Blue Budd ne cherchaient pas un mari, elles avaient largué le leur depuis belle lurette. Ces femmes étaient excitantes ; leur assurance effrayait Thomas. Il craignait leur rire strident, leur poitrine rebondie, leurs fesses proéminentes. Il ne savait pas leur parler, ni les regarder, encore moins les flatter. Elles étaient vulgaires et sublimes, tranquilles et survoltées, nymphes aux cheveux plus épais que du foin mouillé.

Un soir, un homme aux joues de cire apparut. De loin, Thomas l'avait remarqué ; sa table de jeu se trouvait dans l'angle, juste à côté d'une fenêtre fermée par un loquet de bois noir. La partie commençait bien. Quelques billets disparaissaient dans les manches les plus larges et se perdaient un quart d'heure après, à l'annonce des mises. Aucun des joueurs n'était encore assez éméché pour renverser la table et se mettre à danser le twist en caleçon. Le Blue Budd se remplissait. La nuit apportait son lot de vicelards célibataires, veufs à l'affût, maris amateurs de dentelles farcies de poitrails sales. Les femmes chantaient fort et faux, les hommes hurlaient ; dehors, les rats des champs venaient se frotter aux planches des escaliers, leurs queues fouettaient l'air.

Le type avait franchi la porte d'un pas chancelant. Il s'était dirigé vers le comptoir, où deux vieilles cocottes comptaient les dents qu'il leur restait. L'homme avait commandé un double sec sans lever les yeux, et tandis qu'il vidait son verre d'une traite, Thomas le reconnut. Ses traits étaient plus grossiers, ses cheveux avaient poussé et se teintaient de gris au-dessus des oreilles. Sous son uniforme, une petite bedaine retombait sur sa braguette telles les babines d'un bouledogue à la retraite. D'un coup d'un seul, un sourire crispé s'étendit sur le visage de Thomas. Ce type avait engagé William à la caserne bien avant la naissance du fils Hogan. C'était Gardener, le chef d'équipe, celui qui s'était débrouillé pour que William ne soit plus affecté au tri des fiches vertes. Thomas l'avait vu discuter avec son père à la sortie de l'école. Son uniforme était toujours le même.

Gardener se massa les tempes, balaya la foule du regard et croisa les yeux du joueur de poker, puis vint se planter devant la table ovale, son verre vide à la main. La partie touchait à sa fin, les hommes n'étaient plus capables de différencier la reine de pique du valet de cœur. Gardener fit un signe de tête à Thomas et s'assit en face de lui. Autour, du bruit, des cris, des langues gluantes, épaisses, semblables à celles des bœufs.

Poliment, Thomas demanda des nouvelles de sa femme et de son travail. La caserne avait été rénovée. Les casiers remplacés. Gardener semblait content de discuter. Pourtant, quelque chose clochait. Ses yeux fuyaient, un rictus relevait sa lèvre supérieure. Les verres de whisky s'enchaînaient, Thomas commençait à se sentir mal. Pour lui, Gardener était encore « le collègue de Papa », celui qui ébouriffait ses cheveux et faisait des clins d'œil à tout-va devant l'école primaire. Il ne s'attendait pas à le voir se soûler dans un bar où les flics venaient tous les mois à cause des vitres cassées et des bagarres incessantes derrière le terrain vague. Ce soir-là, il ressemblait aux types qu'il envoyait en cellule de dégrisement.

– Quelque chose ne va pas ?

Gardener tapa du poing sur la table, commanda un autre verre et fixa l'adolescent d'un œil noir qui rappelait celui de William quand il rentrait trop tard.

– J'en ai vu des saletés. Vingt ans que je suis flic…

Un haut-le-cœur ralentit la conversation. Gardener essuya ses lèvres, la salive fit une longue trace de graisse sur la manche de son uniforme. Thomas le regardait avec des yeux ronds, il voulait savoir. Son père ne racontait jamais les fiches vertes, les photos, les cadavres. Gardener était sur le point de lui balancer une bonne vieille histoire de meurtre comme il n'en avait jamais entendu. Il se sentait capable de croire à quelque chose d'horrible, d'accepter la violence, le sang, les mâchoires cassées et les veuves inconsolables. Il voulait qu'on lui parle, une bonne fois pour toutes, de ce qui arrivait quand il était à l'école, bien sage, assis entre deux rangées de tables branlantes. Il voulait que quelqu'un le secoue, lui donne des baffes, que quelqu'un ose lui montrer.

– Qu'est-ce qui s'est passé ?

Thomas parlait doucement, il ne voulait pas le brusquer. Gardener était assez soûl pour lui en coller une entre les deux yeux. Néanmoins, le flic s'apaisa, déboutonna le col de sa chemise et rapprocha sa chaise.

– C'est atroce.

Voilà l'histoire.

Haven est une petite ville à trente kilomètres au sud d'Abby. Deux mille habitants, à tout casser. Sur la route principale, l'école et l'église font face à une épicerie tenue par des types en blouse blanche. Sur la gauche, deux grandes maisons abritent l'étude du notaire, qui vit ici avec sa famille, et le cabinet du dentiste. Une rivière traverse les bois autour de la ville, plus à l'est, les gosses n'ont pas le droit de s'en approcher avant douze ans. Le poste de police se trouve à cinq cents mètres de l'église, juste à côté de la salle des fêtes. Chaque premier samedi du mois, un bal a lieu où femmes et enfants sont les bienvenus. De l'autre côté de la rue, Andy y tient un rade aux allures de bordel, les hommes vont boire leur salaire matin, midi et soir, si les épouses sont d'accord. Sinon, ils y sont quand même et crient plus fort.

Au bal, l'orchestre choisit les morceaux de la soirée. Deux guitares, une batterie et un piano jouent jusqu'à ce que les participants s'endorment sur leur chaise. Pourtant, quand Draven se pointe, personne ne veut aller dormir. Draven, c'est l'employé de mairie, musicien à ses heures. Un drôle de type, avec un sourire de hyène et des yeux très verts. Il faut bien avouer qu'il est le meilleur guitariste de la ville ; malheureusement pour lui, il n'en a jamais fait son métier.

Un mois sur deux, il accompagne l'orchestre. Sur scène, il sourit aux femmes mariées et dédie ses chansons à des gamines qui n'ont pas encore l'âge de fumer les cigarettes de leur père. Son cinéma plaît moyennement aux maris : Draven a déjà fini la nuit avec un œil au beurre noir ou des dents fendues. N'empêche, il continue son baratin, et un soir de juin, il va trop loin.

Nina Hartley, la femme d'un agriculteur, se tient au premier rang, entre deux jeunes dindes aux cheveux longs. Draven transpire, son poignet glisse le long de sa guitare usée. Les deux filles semblent l'apprécier, mais Nina remporte la victoire haut la main. Draven ne l'a jamais vue. Elle est grande, pas mince du tout, ses yeux bruns brûlent, sa robe fait des plis aux bons endroits. Elle sourit à tout bout de champ. Son mari, un type jaloux et travailleur, l'emmène rarement avec lui. Ce jour-là, il a commis deux erreurs : inviter Nina alors que Draven joue, et la placer au premier rang, juste sous son nez. Il est jaloux, mais surtout très bête. Évidemment, Draven en fait des tonnes, il sourit à s'en décrocher les canines, son poignet est près de se faire la malle, et sa chemise pourrait donner des leçons de saleté à une serpillière. Le lendemain, par le plus grand des hasards bien sûr, Nina le croise devant l'école, alors qu'à eux deux ils n'ont même pas la moitié d'un gosse inscrit dans une classe.

Leur histoire dure dix jours. Draven ne voit qu'elle. Nina invente tout et n'importe quoi, jusqu'à ce que son mari apprenne, par l'intermédiaire d'Andy, que les deux tourtereaux s'envoient en l'air chaque jour quand il travaille. Fou de rage, Hartley règle ses comptes le soir même. La conversation se finit par une mâchoire brisée et un viol. Hartley garde sa femme à la maison. Le lendemain, il ne va pas travailler. Draven non plus. Ni le jour suivant. Personne ne voit le musicien de toute la semaine. Hartley sourit, il siffle ; sa femme reste auprès de lui, tout est rentré dans l'ordre. Mais l'employé de mairie ne réapparaît pas. Comme il n'a pas de famille à Haven, on ne s'inquiète pas, on pense que le scandale l'a poussé à changer d'air. Trois semaines après l'incident, pris de remords, Andy prévient Gardener. Celui-ci fait inspecter l'appartement du musicien, interroge les habitants ainsi que le couple Hartley. Au début, la femme se tait. Quand Gardener s'en va, son mari grogne, retourne dans sa chambre et s'endort sur l'édredon. Alors Nina sort, et juste avant que le flic ait démarré sa vieille bagnole, elle lui indique l'endroit, juste après la rivière. Draven possédait la clé d'une petite bicoque qui sert à entreposer les outils de travail. Gardener la remercie, roule à tombeau ouvert et se gare juste avant les bois. Un pont de chêne surmonte le cours d'eau asséché.

La bicoque ressemble à une cabane de jardinier, pas plus grande que son bureau à la caserne. Une odeur abominable imprègne les lieux. La porte est ouverte. À l'intérieur, les outils ont été déplacés. L'odeur vient de dehors. Gardener sort, fait le tour et se retrouve derrière un tas de bûches où l'air devient irrespirable. Le flic comprend très vite pour quoi les outils ont été utilisés. Il prend ses jambes à son cou, remonte en voiture et retourne chercher trois hommes en ville. Andy veut venir avec eux.

Draven est couché en chien de fusil. Ses bras, jambes et viscères sont couverts de sang séché. Sa chemise est nouée autour de son cou. Gardener tente d'organiser ses pensées, de comprendre combien de temps et quelle dose de folie il a fallu à Hartley pour tuer Draven à petit feu. Puis un détail attire son regard : les mains. Cachées sous le ventre béant, il n'a pas vu que les doigts manquaient. Andy vomit. Gardener appelle un homme, rentre dans la bicoque et découvre la guitare calée entre deux tabourets de bois. Le flic l'attrape par le manche, la pose sur le perron à l'extérieur et plonge la main dans un sac de plastique qu'il garde toujours sur lui. Puis il inspire un grand coup, tâte la caisse de l'instrument et coupe toutes les cordes. La rosace brille, le trou fait résonner les vibrations du sol. Ni une ni deux, il ferme les yeux et fourre son bras dans la cavité. Ses muscles s'immobilisent. Gardener sait qu'il va crier, car le flic sort un petit sac de toile du fond de la guitare. L'odeur revient. Sans un mot, il dénoue le petit cordon brut et renverse la toile épaisse sur le sol. Les dix doigts de Draven font ploc ploc ploc sur le perron, biscuits à la cuiller durcis. Gardener en a trop vu. Il laisse les hommes dégager le corps, puis file faire son rapport à la caserne.

– Voilà ce qui s'est passé. Ton père serait venu ici s'il avait vu les photos du musicien. Personne ne peut supporter ça.

Thomas est blanc. Un vrai cygne. De loin, les femmes du bar le reluquent. Il ne les voit pas. Même Gardener disparaît. Seul Draven étincelle, ses dix doigts éparpillés sur le bois sec. Thomas ravale sa bile une première fois et demande à Gardener s'il peut commander un whisky pour lui, puisqu'il n'a pas droit à l'alcool. Le flic acquiesce, et, dans la minute qui suit, l'adolescent pique du nez dans son verre, les yeux brûlants. Il voit son père, sa main qui pue, ses membres raides. Il voit le costume pour le cercueil. Il s'imagine Nina Hartley nue, elle pleure, son mari la roue de coups. Gardener reste silencieux. Le flic ronronne, parler lui a fait du bien. Après tout, la moitié de la ville le déteste, l'autre moitié le craint. Pourtant, Gardener est ce qu'on peut appeler « un mec bien », le genre d'individu qui connaît ses limites et celles des autres, et qui n'en dépasse aucune. Un vrai mystère. Morale d'acier dans une carcasse à peu près potable pour un homme de son âge. Gardener est un des seuls types sur qui ne circule aucune mauvaise histoire. Ce soir, malgré les whiskys et les yeux collants, il tient encore debout, juste assez pour sortir et s'étaler dans les graviers. Thomas, de son côté, grisé par l'alcool, se sent de plus en plus mal, et quand la plus laide des cocottes lui adresse un regard appuyé accompagné d'une langue énorme, il réprime un haut-le-cœur et sort par la porte de secours. L'alcool ne lui va pas au teint. Cette nuit, il met deux fois plus de temps pour rejoindre la propriété.

Mary ne dort pas. Quand elle entend la porte d'entrée claquer, elle comprend. Les pas sont lourds. L'escalier craque. Elle fait le signe de croix avant de se tourner vers la fenêtre, et sombre dans un sommeil peuplé de mauvais rêves.

SECONDE PARTIE

1

Deux ans plus tard, Gardener fut affecté à la caserne centrale, une immense bâtisse de béton perdue entre deux terrains de sport à trente kilomètres de la ville. On le vit moins. Sa femme avait mis au monde un autre enfant. Une fille. Il avait fallu agrandir la maison, s'occuper des garçons jaloux et accepter de ne pas dormir cinq heures d'affilée. Quand ils se croisaient, Thomas et le flic échangeaient des sourires polis.

Depuis la dernière soirée qu'ils avaient passée ensemble, la ville avait grandi : un animal sauvage qui prend des muscles, une fourrure plus épaisse, plus raide. L'entreprise de pompes funèbres avait eu son lot habituel de suicides, arrêts cardiaques et cirrhoses. Les commerçants cherchaient à étendre leurs bénéfices, affichaient de nouvelles publicités aux vitrines des magasins. Les routes principales avaient été rafraîchies, de larges barrières de bois longeaient les accès à forte affluence. L'alcool était toujours aussi mauvais. Les fêtes duraient plus longtemps. Nez cassés, lèvres fendues.

Une nouvelle école avait été construite à côté

du premier établissement ; les deux bâtiments encadraient la pelouse, ouvraient sur une cour de gravier foncé où les gosses s'écorchaient les genoux. Il n'y avait pas eu de drame à la hauteur du crime Hartley. Le week-end, les ivrognes s'envoyaient des volées de plombs ; ils n'y voyaient pas clair, personne ne se retrouvait les pieds devant. À la rigueur, une jambe touchée. Lors de soirées bien arrosées, William avait tâté de la carabine, mais seulement aux dépens des animaux qui s'enfuyaient entre les voitures. Son fils ne savait même pas charger un fusil. La famille Hogan ne rapportait pas des sommes folles à l'armurier du coin.

Les bouleversements ne touchaient pas que les aménagements urbains : Thomas avait grandi lui aussi. Pas à la manière d'un enfant qui devient un homme. Physiquement, il s'était transformé : ses muscles commençaient à pointer au niveau des épaules, des mollets et des abdominaux. Ses deltoïdes frémissaient dès qu'il se mettait à courir. De dos, son cou semblait attaché à son torse par une plaque de béton, ses clavicules faisaient deux poutres de fer sous sa peau brunie. Il ne ressemblait plus au gosse chétif que Paul devait protéger. Par chance, il ne s'en rendait pas compte. Son corps avait pris de l'assurance, lui non. Son âme ressemblait à un miaulement sorti d'un bunker. Quoi qu'il en soit, cette forteresse de chair avait changé les regards des gens. Thomas n'était pas encore un homme, il lui manquait l'art du crachat et une tripotée de jurons, mais on ne se moquait pas.

Quiconque se serait adressé à lui aurait deviné l'agneau planqué derrière la carcasse du loup, mais Thomas avait gardé sa timidité d'enfant. Il lui arrivait de saluer un de ses camarades, d'échanger quelques mots avec ses professeurs et les joueurs de cartes, mais la plupart du temps il se taisait. William lui avait appris qu'on n'avale rien, de bon ou de mauvais, tant qu'on n'a pas ouvert la bouche pour le recevoir. De ce précepte, Thomas avait compris comment se nourrir seul, il ne demandait rien, ce qui ne l'empêchait pas d'être d'une générosité sans bornes quand on avait besoin de lui. Si l'un des ouvriers venait le chercher pour transporter les derniers troncs fendus avant l'automne, il suait sang et eau jusqu'à ce que le travail soit terminé. Thomas portait les sacs des petites vieilles à la sortie des magasins, il était celui qu'on appelait pour les déménagements, les travaux de récupération et les démolitions. L'orphelin était devenu un modèle d'altruisme aux grandes paluches, un type aux muscles silencieux.

Le vendredi, il occupait la table n° 5 du Blue Budd. Aucune mauvaise surprise depuis l'histoire de Gardener, mais le gosse était réputé intransigeant au jeu. Pas de coups bas, pas de manches découpées, pas de cartes entre les chemises. Ses acolytes jouaient bras nus. Ils étaient plus sereins, concentrés sur leurs atouts au lieu de mater les vestes des autres à la recherche d'un cinquième as. Thomas perdait peu, juste assez pour murmurer : « Ce n'est pas mon jour. » Ses billets étaient toujours pliés en quatre. Édouard, un type qui bossait à la caserne, lui demandait s'il les repassait au fer chaud. De la même façon, il empilait ses pièces de monnaie par ordre de diamètre. Thomas restait bien droit devant les petites colonnes qui ne s'écroulaient pas. Ces manières avaient fini par agacer Paul, qui ne manquait pas de lui lancer une vanne quand il traversait le bar, mais les relations entre le neveu et l'oncle se détérioraient à mesure que la rage du gamin grandissait. Le patron du Blue Budd soupçonnait même Paul d'avoir crevé les pneus de son pick-up un soir où il n'avait pas voulu lui prêter vingt dollars supplémentaires pour perdre sa dernière mise.

Paul venait de moins en moins, buvait de plus en plus. Ses parents l'avaient mis dehors au lendemain d'une bagarre qui avait eu lieu dans leur propre cour. « Ces histoires ne se règlent pas devant ta mère », avait déclaré son vieux. Depuis, il vivait avec sa bande dans un gourbi exigu qui puait la bière chaude. Ils n'ouvraient pas les volets, gardaient têtes et paupières baissées dès que la lumière du jour pointait. Paul était le premier à avoir remarqué le changement physique de son ancien ami. Plus Thomas prenait des muscles, plus il perdait les siens. La force du jeune Hogan l'éclaboussait, il bouillonnait, ne le supportait pas, ne se supportait plus. Coincé entre un matelas éventré et deux chemises sales, le front collé contre la fenêtre close, il attendait le jour où Thomas ferait son premier faux pas. Le moment venu, il se tiendrait derrière lui et s'arrangerait pour qu'il ne se relève pas.

Les élèves du professeur Bubber étaient devenus des ersatzs d'hommes virils. Capables d'une violence inouïe pour qui n'était pas né chez eux. Rien ne les arrêtait, plus les années passaient, plus les carabines s'entassaient dans les caves. À la fin des anniversaires, des flaques de sang décoraient les planchers.

Les filles n'avaient pas encore de quoi nourrir leur future progéniture, mais elles commençaient à rouler des mécaniques et du reste. Thomas les croisait en ville, au Blue Budd, aux soirées organisées chaque premier week-end du mois. Certaines étaient flétries d'avance, pas franchement filles de Vénus, des types louches leur tournaient autour, trop soûls pour s'attaquer aux cocottes de compétition. Quand Thomas était môme, ils étaient trente gosses assis sur les bancs espacés de l'unique classe aux murs blancs. De toute cette marmaille, les deux tiers bossaient dans un périmètre de vingt kilomètres autour du centre-ville. Certains avaient poussé les études jusqu'à obtenir un diplôme où leurs nom et prénom figuraient à côté de tout un tas de félicitations. Le papelard se retrouvait encadré au-dessus d'une cheminée fendue. Quelques-uns avaient définitivement quitté la région, partis vers des endroits que leurs parents ne connaîtraient jamais. Un môme s'était tué à douze ans, la tête fracassée contre un rocher, lors d'un concours de plongeon. C'était l'un des frères Boule de Viande, les horribles sacs de graisse qui gueulaient au fond du cours. Depuis la disparition du frangin, plus personne ne l'avait entendu. Trois filles s'étaient mariées à des types employés aux usines de montage à la sortie de Haven. L'une d'elles était devenue mère avant ses dix-huit ans, son gosse ressemblait au daron, peau brune, yeux gris. Tous les jours, après quatre heures, elle promenait son marmot ; les filles de son âge l'attendaient sur la véranda, elles s'extasiaient, portaient l'enfant une par une, telle une première cigarette entre copines. Leurs robes fleuries s'arrêtaient juste sous le genou. La nuit venue, elles enfilaient de longs gilets couleur pastel sur leurs bras nus, attendaient qu'une paire de biscoteaux passe dans le coin pour s'y blottir. Dans l'ensemble, la plupart des filles que Thomas avait pu connaître semblaient lui porter une attention qui ne dépassait pas l'affection polie. Il n'avait rien à leur dire, elles n'avaient rien à lui offrir. Leurs chairs ne l'attiraient pas plus que ça, et refuser la peau nue d'une jeune louve, il n'y a rien de tel pour qu'elle se mette à cracher ses chicots. Thomas et les bandes de femelles s'ignoraient. Pourtant, quand il traversait la rue, les bras chargés de larges bûches fraîchement coupées, il les entendait chuchoter et rire, pouffer entre deux blagues qu'il ne voulait pas entendre.

Thomas avait commencé à se regarder de haut en bas un soir où sa mère était malade, clouée au lit par une mauvaise angine qui lui bloquait les voies respiratoires. Son fils avait passé plusieurs jours auprès d'elle. Profitant d'un moment où Mary avait enfin réussi à s'endormir, il s'était souvenu d'elle postée devant l'armoire à glace, les yeux fixes, le visage tendu. Il se rappelait avoir collé son œil un long moment au trou de la serrure, et s'être demandé ce que cette femme, dont les jeux d'ombre et de lumière masquaient la majeure partie du corps nu, pouvait bien penser, les yeux rivés sur sa chair brute, dénuée de tout artifice. Seize ans plus tard, tandis qu'il s'occupait d'elle, le souvenir était revenu. Il avait quitté la chambre, marché sur la pointe des pieds pour ne pas la réveiller et s'était rendu dans la salle de bains, où l'armoire se trouvait depuis la mort de William. Ses vêtements échoués sur le sol, le jeune homme avait scruté les moindres recoins de son corps, s'était examiné de face, de trois quarts, de profil, sourire aux lèvres ou regard sévère. La scène avait duré une bonne vingtaine de minutes, avant que Mary ne se remette à tousser dans la pièce voisine. Honteux, son fils avait enfilé son pantalon, sa chemise boutonnée samedi avec dimanche, et quitté la pièce. La vue de ses muscles avait fait naître en lui une assurance nouvelle. Ce bloc de sang, d'eau et de graisse lui appartenait : plus cettte charpente serait solide, plus elle lui obéirait, mais si elle s'abîmait, si Thomas se laissait aller, l'animal en lui prendrait le dessus. Thomas ne fut pas capable d'en parler à sa mère, même s'il mourait d'envie de lui prouver qu'il pouvait accomplir ce que son père avait mis des années à bâtir. En entrant dans la chambre, le visage de Mary, bienveillant malgré la fièvre, avait refroidi ses ardeurs. Même s'il était un homme, il n'en restait pas moins un fils.

De son côté, O'Brien avait pris douze ans dans le bide. Son dos et ses genoux commençaient à le lui faire sentir. Comme Thomas, il se préoccupait plus du bien-être de Mary que de sa propre santé.

Un après-midi, ils avaient eu une conversation franche. Il se trouvait bête : demander à un jeune type s'il pouvait faire la cour à sa mère ! La situation fit rire Thomas : « Vous venez chaque semaine depuis dix ans, je crois que c'est raisonnable. » Le médecin avait ri. Soulagé. À cinquante berges bien tassées, il se sentait encore de vivre une romance vieille école. Il évita de mentionner qu'il désirait Mary depuis toujours. Tableau parfait : grande maison, terrain immense. Au milieu, une femme à peu près divine. Il revoyait les dessins imprimés sur les cahiers d'écolier, à la fin d'un conte idiot dont les enfants raffolent jusqu'à ce qu'ils apprennent à siffler. William n'avait jamais compris l'harmonie à laquelle il avait donné naissance, alors que le médecin mourait d'envie de s'y faire une place. Puis il s'était armé de patience et de courage avant de demander à Thomas s'il lui permettait de rendre sa mère heureuse. Les quelques mots prononcés devant le jeune garçon étaient sortis, maladroits mais sincères.

Détendu, le doc' proposa un alcool de poire avant de rejoindre son cabinet. Il pouvait se permettre de flâner. Depuis plus d'un an, O'Brien était assisté par Donna, la fille d'une infirmière connue dans la région pour ses talents de guérisseuse. Les mauvaises langues disaient « rebouteuse », mais Donna savait que sa mère n'avait pas besoin d'un pot de crème grasse pour guérir les brûlures en tout genre. Quand elle rentrait de l'hôpital où elle travaillait de nuit, il n'était pas rare qu'une ou deux personnes l'attendent. Des gens aux yeux bas, mines de chiens errants qui trimballaient leur marmaille chez la « dame qui soigne tout » par peur du médecin aux allures de croque-mort. Ce que Donna connaissait du monde, c'étaient les heures entières passées au chevet d'enfants mourants, les côtes brisées des ouvriers et les zonas qui dévoraient le dos des ivrognes et des femmes de militaires.

La gamine n'en était plus une ; à presque vingt ans, elle avait la dextérité, la patience et le sang-froid d'un soldat qui serait passé au travers de trois guerres sans une égratignure. O'Brien avait confiance en elle, autant qu'en Mary ou Thomas. Petit à petit, le médecin bâtissait autour de lui un cocon invisible, chauffé par l'affection de ses habitués. L'équilibre était presque parfait, il ne lui manquait plus que de poser sa tête sur le traversin jadis occupé par celle de William. Cet oreiller, il se l'était imaginé une bonne dizaine de milliers de fois. Donna savait. Quand il ne tenait plus debout, elle s'asseyait contre le bras du canapé – de la même façon que Puppa douze ans plus tôt – et écoutait son patron lui décrire les jours heureux qu'il n'avait jamais passés en compagnie de Mary. Donna ne répondait pas, le doc' n'avait pas besoin de conseils, il voulait qu'on l'entende, qu'on sache qu'il portait ça depuis trop longtemps et qu'il ne l'avait toujours pas apprivoisé. À mesure qu'il prenait des rides, du bide, et que sa mémoire jouait des castagnettes, son désir, au lieu de s'apaiser, brûlait dans ses deux hémisphères, grillait son quotidien et dévorait ses courtes nuits.

Alcool de poire et pain d'avoine. Thomas aurait aimé du poisson-chat et des pommes de terre aux herbes, mais sa mère l'attendait. Il remercia O'Brien et promit de passer dans l'après-midi. Comme d'habitude en journée, la terrasse du Blue Budd était déserte. Les clients n'arrivaient pas avant cinq heures.

Le doc' soupira, étira paluches et guibolles en suivant le jeune Hogan du regard. Rien à dire, le gosse était fait du meilleur moule qui soit. Pommettes maternelles, musculature masculine. Tout était en ordre, classé, rangé. Il ne sortait pas du droit chemin, ou prenait soin de le suivre en parallèle. Le médecin sourit, pensa à Donna qui l'attendait, à son joli sourire de fillette à qui on ne la fait pas, et se sentit plein de bon sens en imaginant son assistante au bras du fils Hogan. Une belle petite troupe. Cette idée l'amusa. Les deux gamins allaient bien ensemble. Ils se connaissaient, semblaient s'apprécier. Donna était une des seules filles avec qui Thomas pouvait tenir une conversation de plus de deux minutes sans demander des nouvelles de la famille, des voisins ou du troupeau de chèvres. Même âge, même sincérité. Des oiseaux bien nourris. Le docteur s'esclaffa, se promit d'aller gratter un peu du côté de Donna. Histoire de tâter le terrain. Il commanda un second alcool de poire, fit craquer ses phalanges, les moustaches poivre et sel pointées vers un ciel couleur soutane.

Chez lui, Thomas déjeuna sur la véranda. Les planches avaient été changées. Le tabouret du serpent se trouvait dans l'angle, entre deux arrosoirs vides et du fil barbelé. Mary ouvrit une bouteille de bourbon pour commencer le repas. Elle trouvait que les réserves d'alcool fort, gardées à la cave depuis l'enterrement de son époux, diminuaient à une vitesse surprenante. Plusieurs fois, elle avait entendu son fils rentrer plus tard et plus essoufflé que prévu. Elle ne disait rien. Le lendemain, elle se retrouvait nez à nez avec lui ; son regard fatigué n'était pas le sien, mais celui de son père.

Thomas se servit un premier verre. Il avait bonne mine. Mary saisit les plats de cuivre posés en équilibre sur le rebord de la fenêtre, entre la cuisine et la porte de service. L'odeur de viande saignante délia son appétit. Quand elle posa le ragoût sur la table, Thomas sourit de toutes ses belles dents. Elle se faisait du souci pour rien. Après tout, si son fils voulait se détendre le vendredi soir, pourquoi pas. À son âge, elle n'allait pas le garder sous clé chez elle. Sans lui, elle n'aurait jamais eu la force d'entretenir une telle propriété. Mary était fière. Fière mais impuissante. Comme toutes ces mères qui admirent leurs bambins sans trouver quoi que ce soit à leur reprocher, si ce n'est l'agaçante perfection qu'ils mettent en œuvre dans tout ce qu'ils accomplissent. Elle se sentait naturellement soumise à la force de son fils. Sa présence la rassurait. Il lui apportait une sérénité qu'elle ne connaissait pas et qu'elle avait appris à savourer.

Son père était de ces hommes qu'on aime et qu'on craint ; son fils n'inspirait pas la peur, mais le respect. Il n'y avait vraiment pas de quoi faire tout un foin pour une ou deux bouteilles – peut-être trois – disparues par magie.

Ça n'avait pas d'importance.

2

L'affaire Hartley avait fait le tour des comptoirs. Dans la région, Nina était devenue une icône. Catin pour les uns, martyre pour les autres. Gardener ne suivait plus l'affaire. Les cocottes du Blue Budd racontaient aux nouveaux clients que Draven était le coup du siècle, même si la moitié d'entre elles ne savaient même pas à quoi il ressemblait. Le fait divers s'était transformé en légende. Dans la cour de l'école où Bubber n'enseignait plus, les gosses apprenaient à mimer les doigts coupés quand l'un d'entre eux s'échauffait un peu trop. Au catéchisme, l'histoire illustrait la faiblesse de l'humanité et la rédemption interdite aux faibles dévorés par le démon à queue fourchue. Impuissants, les flics évitaient d'alimenter le mythe. Ceux qui avaient assisté à la découverte du corps n'avaient pas eu le temps de s'en remettre. Ils écoutaient la rumeur, les prêcheurs fous, les vieilles filles possédées, poussées par un incroyable désir de vengeance sur les hommes qui n'avaient jamais voulu d'elles.

Les soirs de poker, le souvenir de Gardener effondré sur sa chaise le paralysait. Une fois seulement, il avait joué cartes sur table en abordant le sujet avec Donna dont la franchise le fascinait plus qu'il ne souhaitait se l'avouer. Quand il lui avait confié l'histoire, la jeune fille, immobile, s'était tue un long moment avant de lâcher, le plus naturellement du monde, les paroles de l'Ecclésiaste : « Thomas, tout ce qui fut fait se refera, et il n'y a rien de nouveau sous le soleil. » Il était resté bouche bée, il s'attendait à ce qu'elle crie, se lamente, pleure sur la mauvaise fortune du musicien, mais Donna ne bougeait pas, ses doigts restaient collés à la table du bar. Il n'était pas fâché, simplement surpris. Et vaincu d'avance. Il ne pouvait pas s'insurger, se lever, fracasser le bois du poing. La force qu'elle dégageait le plombait. Ses yeux, deux carabines chargées à blanc qui tiraient pour avertir les proies plutôt que de les abattre d'un coup sec. Donna ignorait la peur, ce n'était rien d'autre qu'une vacherie pour les lecteurs de mauvais bouquins et les philosophes du dimanche soir. Elle ne connaissait que le mouvement, l'action, le mécanisme des fibres, des muscles, la rapide course des mots entre la langue et les dents. Elle ne s'arrêtait pas. Une montre qui se remonte toute seule. Il ne lui manquait plus qu'un solide poignet autour duquel s'enrouler.

Depuis la conversation arrosée d'alcool de poire, O'Brien dînait quatre fois par semaine chez les Hogan. Son assiette trônait à la droite de Thomas. Quand il arrivait tôt, il s'occupait du repas, sous l'œil gêné de la mère qui disait d'une voix douce :

« Ce ne sont pas des affaires d'homme. » Sur le portemanteau, un rondeau de bois blanc accueillait sa veste élimée. Sous ses chaussures, le parquet brillait, les tapis étaient impeccables. Le sourire de Thomas ne cachait aucun mauvais coup. Il ne lui avait jamais dit : « Vous ne prendrez pas la place de mon père. » *Ça tombe bien mon garçon, je ne cherche pas à recoller des morceaux qui n'ont jamais vraiment tenu debout.* Lors des soirées passées en leur compagnie, le docteur ne faisait rien d'autre que respecter le silence d'une famille qu'il n'avait jamais eue.

Souvent, il s'était surpris à croire qu'être trois autour d'une table ronde laissait un trop grand vide, que cette place devait être occupée. Et rapidement. Par une fille bien. Une fille qui aurait le cœur sur la main, et des griffes cachées pour protéger sa tanière. Mary le savait aussi. Et, pendant que le fils dévorait et racontait comment s'habillaient les hommes le vendredi soir au Blue Budd, les deux adultes au front ridé se regardaient, attendaient qu'elle vienne, ou que Thomas soit assez fort pour aller la chercher lui-même. Quitte à devoir affronter les plombs des carabines jumelles bien lustrées.

Peu à peu, ce rituel devint la raison de vivre du médecin. Le vieux garçon, habitué aux marmots en manque de sucre, veillait à ce que la veuve n'eût besoin de rien. Parfois, après le dîner, ils passaient de longues heures sur la véranda. À l'étage, Mary se déshabillait, face au miroir. D'en bas, on percevait le bruit de ses allées et venues entre la salle de bains et la chambre. O'Brien attendait toujours que Thomas soit endormi pour aller dire bonsoir à sa mère, et, même si ce n'était pas l'envie qui lui manquait, il n'avait pas encore osé passer une nuit chez eux.

Son cabinet lui servait toujours de chambre à coucher. Mais quand il rentrait tard, la pièce ne sentait plus ni la cigarette froide ni le charbon, les fioles étaient rangées, les pochettes triées. Les fenêtres, à demi closes, laissaient circuler l'air frais. Des fleurs, coupées au tiers de la tige, étalaient leurs cœurs de pollen sur son bureau. Le canapé ne dégageait plus la moindre volute de poussière grise. Donna était un ange tombé du ciel, ses petites attentions renforçaient l'affection du médecin. Les choses se déroulaient mieux que prévu. Dix ans plus tôt, O'Brien n'aurait jamais parié un bouton de chemise sur le bonheur qu'il commençait à effleurer du bout des songes.

Un soir, Mary mentionna les soirées au Blue Budd, les bouteilles en moins dans la cave, les yeux vitreux de son fils quand il se levait plus tard le matin. Elle raconta son pas lourd dans l'escalier. Malgré tout, le médecin restait confiant. Thomas était un type bien, propre sur lui, serviable et discret. Qu'il écluse une ou deux fois par mois n'était pas un problème. Plutôt bon signe même. Il devenait un homme qui savait faire la différence entre famille, travail et loisir. Si le gosse était resté cloîtré chez lui, O'Brien se serait inquiété. Et puis, au même âge, il avait fait pire. Vraiment pire. Il n'y avait pas une once de malhonnêteté dans l'âme du fils Hogan, pas plus que dans celle de son père. Mary acquiesça, d'un air pas franchement rassuré, et se blottit contre l'épaule du médecin.

Gênée, elle avoua avoir vu son fils posté nu devant la glace.

Tard dans la nuit, elle s'était levée. La lumière se coulait sous la porte de la salle de bains légèrement entrouverte. Mary avait craint qu'un intrus ne se soit introduit chez eux. Mais non. Son fils, ivre mort, fixait le miroir, abdominaux contractés, épaules arrondies. Ses tempes dégoulinaient. Il marmonnait des insanités à propos de son père, de Paul, des cocottes du Blue Budd, « les putains les plus laides du monde ». Ses jambes tremblaient, mais il se tenait debout, il semblait attendre qu'un tremblement de terre survienne pour qu'il puisse enfin s'écrouler sans honte. En silence, Mary s'était recouchée. Ses pensées tournaient trop vite. Elle ne comprenait pas pourquoi les choses n'étaient pas plus simples. Elle n'avait jamais rien demandé, s'était toujours tue, occupée de sa famille, de son travail, de sa maison. Son fils était apprécié, sa relation avec O'Brien n'avait pas déclenché de vagues d'obscénités en ville, personne ne ricanait quand elle faisait ses courses. Ses vieux amis et ceux de son époux, Puppa, Bubber et les autres, répondaient présent dès qu'elle avait besoin d'eux. Et pourtant, son fils injuriait l'univers en roulant des mécaniques devant une armoire que son père avait fabriquée de ses mains. La gorge nouée, elle expliqua au docteur que ses yeux « lançaient des flammes contre la glace », que ses muscles tendus semblaient prêts à affronter n'importe qui, n'importe quoi. Elle s'étouffa presque en avouant qu'elle avait eu peur, autant que le jour où O'Brien avait débandé la main infectée de William. Cette nuit, Thomas était devenu un monstre, une carcasse burinée, taillée à la hache, un homme qui aurait eu un gésier à la place du cœur.

Le médecin tenta de la consoler, mais il avait du mal à imaginer la scène et ce qu'elle pouvait remuer dans les entrailles d'une mère. À plusieurs reprises, William et lui s'étaient croisés les soirs de beuverie. Parfois, William l'avait franchement effrayé. Mais son fils n'était pas du même moule, il n'avait pas le même instinct de survie. Un enfant calme. L'aveu de Mary le perturba. Il tenta de se raisonner, Thomas faisait l'expérience de son corps, de sa force intérieure, de ses propres limites. Il devait se les fixer et décider de les dépasser ou non. Qu'il le fasse devant sa glace à trois heures du matin ou ailleurs, quelle importance ? Pourtant, quelque chose le gênait. Il connaissait le gosse depuis toujours, il le soignait, le conseillait. Et l'imaginer en train de sortir les crocs contre le monde entier l'inquiétait. *Ça commence par un détail, et puis...* Et puis quoi ? Que faire ? Prendre Thomas à part et dire : « Le miroir est gentil, ta mère est gentille, les putes du Blue Budd sont gentilles, tu n'as pas à te sentir menacé ? » Tenter une discussion alors que Thomas se tuait à la tâche pour garder la propriété en ordre ? O'Brien se sentit stupide. Il n'avait pas le droit d'entrer dans l'intimité d'une famille qui n'était pas la sienne, et les mots de Mary le rendirent nerveux. Elle le sentit, s'excusa d'une voix douce et l'embrassa au coin des lèvres, pour dire : « Après tout, cela ne nous regarde pas. »

Ils parlèrent de Donna, finirent par admettre qu'ils étaient impatients de voir les deux gosses papillonner ensemble, et surtout, de savoir Thomas au creux des bras d'une jeune fille plutôt qu'ivre devant un meuble de salle de bains.

Évidemment, enlacés comme des racines, ils n'aperçurent pas le verrou défait de la fenêtre ouverte sur la véranda, ni la chevelure brune du fils, assis à quelques centimètres de la vitre, le visage masqué aux trois quarts par la pénombre. Thomas était immobile, bien droit sur un tabouret de bois, le même qui avait servi de promontoire au serpent vingt ans plus tôt.

3

À l'automne suivant, la scierie fut reprise par un entrepreneur de Haven. Le type avait bossé plusieurs années au département des Eaux et Forêts avant de démissionner pour monter sa propre boîte. Il connaissait son affaire et s'entendait plutôt bien avec les propriétaires de la région. Sa compagnie engagea une dizaine de personnes pour veiller au bon fonctionnement des petites structures qu'il avait créées ou rachetées. Les ouvriers de la scierie ne furent pas renvoyés. Deux types venaient régulièrement surveiller les manœuvres. L'entreprise connut un regain de prospérité. Le patron, M. Arthur, un homme large d'épaules, sourire franc et veste usée, conduisait une Ford marron qui manquait de lâcher un pneu à chaque fois qu'il montait jusqu'au carrefour des Pistes, cinq cents mètres avant les premières masures des ouvriers. Il connaissait leurs prénoms, ceux de leurs enfants, leurs activités favorites, il pouvait discuter avec chacun d'eux sans passer pour un tocard, les complimenter sur leurs efforts. Arthur passait pour un type honnête qui ne se laissait pas cracher sur les pompes, même s'il aurait mieux fait d'en acheter une nouvelle paire.

Trois mois après avoir repris la scierie, il se présenta chez Mary. La veuve l'invita à prendre un verre sur la véranda. Le rouge et le bleu donnaient au ciel des couleurs inconnues. Serein, Arthur la complimenta sur la bonne tenue de ses terres, sur son courage, sur la générosité de son fils unique. Il demanda des nouvelles d'O'Brien et de Donna, murmura : « Cette petite mérite un bon mari. » Mary esquissa quelques sourires gênés. Elle aimait qu'on reconnaisse ce qui avait de la valeur. Arthur n'était pas le genre d'homme à venir demander sa main, elle savait qu'il venait pour autre chose. Plusieurs fois, elle l'avait vu devant la clôture, calculant la largeur du terrain, la qualité des bois. Après avoir descendu un premier verre, il en vint au fait.

Il voulait acquérir une partie de la propriété. Mary refusa net. Puis il se rapprocha, les genoux bien parallèles, expliquant que la parcelle nord regorgeait d'un bois d'une excellente qualité qu'il aurait fallu exploiter plutôt que de le laisser pousser sans en tirer profit. Il proposa un bon prix et de les laisser, elle et son fils, s'occuper de l'exploitation, à condition de livrer les cordes à la scierie à des dates fixées d'avance. Arthur expliqua qu'il ne comptait pas porter atteinte à leur habitat, qu'il respectait la famille. De plus, cela permettrait à Thomas de travailler à temps plein sur ses propres terres. Mary réfléchit. Elle vieillissait. La pension de son mari et son petit salaire ne seraient bientôt plus suffisants pour entretenir la propriété. Si Arthur disait vrai, le salaire de Thomas et leur acharnement à tenir le domaine, tout en exploitant une mince partie de ses ressources, suffiraient largement à les mettre à l'abri du besoin. À la longue, si l'affaire se déroulait selon les plans, Thomas et Arthur seraient en mesure de s'associer, de monter une petite société locale. Vendre une parcelle lui semblait malhonnête, mais l'idée de pouvoir profiter pleinement de ce que William avait mis tant d'années à bâtir la rassurait. L'exploitation du terrain par son propre fils et l'argent durement gagné étaient deux excellents prétextes pour se laisser tenter. Arthur avait bonne réputation, Thomas n'était pas assez bête pour se faire enfler par le premier venu. Si la situation leur permettait à tous de vivre convenablement sans mettre en péril les valeurs qu'elle avait inculquées à son rejeton, pourquoi pas. Puis elle se rendit compte que son mari aurait sans doute accepté sur-le-champ. Si Arthur était venu vingt ans plus tôt, William n'aurait jamais eu à travailler à la caserne, à lire toutes ces fiches vertes qu'il détestait. L'entrepreneur connaissait le passé de la veuve, il avait parlé aux ouvriers, aux employés municipaux, il respectait les sacrifices du père. Mary sourit de nouveau, moins gênée, remplit un autre verre et promit d'y réfléchir dès que Thomas serait rentré. Arthur avait gagné d'avance. Il lui proposa de donner sa réponse dans la semaine.

Le soir même, O'Brien approuva l'offre, assura qu'on ne pouvait pas rêver mieux, après des années passées à attendre l'opportunité de vivre paisiblement, sans se soucier des finances de la famille. Soulagée, la veuve mit la nappe des grands jours, fit briller ses couverts en argent et prépara un de ces repas dont elle avait le secret. Vers sept heures, ils entendirent la porte d'entrée claquer. Le médecin inspira un grand coup. Thomas accepterait.

Ils restèrent tout deux bouche bée quand Donna entra dans le salon, sourire aux lèvres. Thomas la précédait. Il portait la veste grise de son père. Une relique qu'il avait dénichée dans les affaires rangées au-dessus des robes de Mary dans la chambre conjugale. La jeune fille était à l'aise, tranquille. Elle n'avait jamais mis les pieds chez Mary, pourtant elle semblait s'y sentir chez elle. Comme quelqu'un qui arrive à la maison après de longues années d'absence.

Thomas balbutia un « Donna passait la soirée seule, je lui ai proposé de venir dîner avec nous ». Le médecin sourit d'un air entendu. Mary rajouta une assiette à côté de celle de son fils et fit signe à chacun de s'asseoir. « Ça tombe à pic que vous soyez ici, Donna. Nous devons discuter d'un sujet important et nous aimerions avoir votre avis. » Elle expliqua tout dans les moindres détails : la venue d'Arthur, sa proposition de rachat, les bénéfices promis, l'exploitation du terrain. La première réaction de Thomas fut identique à celle de Mary : refus catégorique. Puis O'Brien fit remarquer au jeune homme que c'était pour lui une occasion de mettre en valeur ses propres terres, d'exploiter un matériau qui lui appartiendrait toujours, même si la surface serait entre les mains d'Arthur. Il pourrait veiller sur la propriété, y travailler, l'entretenir et tirer des profits de son activité. Donna approuva d'un coup d'un seul. Une occasion pareille ne se présente qu'une fois, et d'après ce qu'elle savait de Hogan père, elle imaginait qu'il n'aurait pas été assez stupide pour refuser une telle offre. Et puis, l'idée de savoir Thomas embauché la satisfaisait. Le jeune homme passait de plus en plus de temps en sa compagnie, et, puisqu'il n'avait pas encore osé faire ce fichu premier pas, elle envisageait de prendre les devants le soir même. Thomas lui plaisait. Plus qu'elle ne le pensait. Elle n'était pas du genre à s'imaginer avec une tripotée de marmots, fourneaux, biberons et compagnie. Pourtant, elle se sentait bien avec lui, elle aurait voulu qu'il reste avec elle un peu plus d'une heure chaque matin, qu'il l'emmène en balade quand elle finissait son service au cabinet médical. Elle aspirait à des choses simples.

À force de discussions, de plans sur la comète et de promesses d'avenir radieux, Thomas finit par accepter. Le médecin en fut soulagé. La famille à laquelle il n'appartiendrait jamais serait à l'abri. Il avait rempli son rôle de bonhomme sympathique toujours présent dans les moments cruciaux.

Ils finirent le repas en grande pompe. Donna restait tranquille. Elle pensait à sa propre mère, sûrement en train de s'endormir, coincée entre d'épais draps qu'il aurait fallu changer. Elle aurait voulu l'avoir près d'elle pour qu'elle voie la joie de ces gens qu'à présent elle aimait autant que sa propre famille. Et même bien plus dès qu'elle croisait le regard du fils. C'était pour ce soir. Une urgence nouvelle lui réchauffait les reins, lui embrasait l'abdomen et la mémoire. Elle voulait faire partie de cette petite humanité, aussi discrète qu'un animal sauvage, capable de s'autosuffire, de brûler quelle que soit la saison. C'était ce soir, ou jamais. Le médecin avait compris. Il connaissait bien Donna, il sentait sa fébrilité enfouie remonter le long de sa colonne vertébrale. De son côté aussi, il était grand temps de prendre le taureau par les cornes.

À la fin du repas, assiettes et couverts débarrassés, verres vides et nappe tachée, Donna demanda à Thomas de la raccompagner. Le jeune homme savait qu'elle n'était pas du genre à craindre de rentrer à pied. Il savait aussi qu'ils n'iraient pas directement chez elle, qu'il ne rentrerait certainement pas très tôt. Mais il ignorait tout de ce que Donna ressentait réellement, il n'avait pas suffisamment de flair pour tirer parti de ses émotions comme on cueille un fruit mûr. Quitter le nid avec une fille : ridicule. Personne ne peut fuir le lieu de sa naissance, préférer les bras d'une demoiselle, si jolie soit-elle, à ceux d'un royaume paisible. Un roi ne doit jamais quitter son palais, parce qu'il ne sait pas ce qu'il peut trouver au retour, si retour il y a. Malgré tout ce que les gestes de Donna promettaient, il sentit monter en lui une peine immense mêlée au désir de la posséder une fois pour toutes.

Donna embrassa Mary sur les deux joues, promit de passer dans la semaine et enfila son gilet sans le boutonner. Puis Thomas souhaita bonne nuit à sa mère, croisa le clin d'œil rapide du médecin et s'engouffra dans la nuit. Il dépassait Donna d'une bonne dizaine de centimètres. Pourtant, en chemin, il se rendit compte qu'il ne savait pas vraiment lequel des deux protégeait l'autre.

4

Ils marchèrent jusqu'à la rue principale. Au niveau du cabinet médical, Donna bifurqua sur la gauche. Ils s'éloignaient du centre-ville, de la chambre de la jeune fille, coincée au-dessus d'un magasin d'électroménager, entre l'appartement de son propriétaire et le studio d'un mécanicien qui n'avait jamais de cambouis sur les mains.

Au bout d'une dizaine de minutes, elle ralentit le pas, s'arrêta au milieu d'une piste forestière dégagée qui semblait mener vers Haven. À ses côtés, Thomas mourait d'envie de demander où ils allaient, il pensait à sa mère, à la barrière qu'il avait dû oublier de fermer après leur départ. Donna paraissait sûre d'elle. Sourire de braise.

Ils marchèrent un bon quart d'heure avant de trouver un chemin pentu, bordé d'arbres sombres, tous marqués de croix blanches. Donna ne disait rien. Elle se serrait contre lui, la tête à hauteur d'épaule, le bras droit fermement accroché au coude de son compagnon. Plus la pente était raide, plus son souffle résonnait. Thomas le sentait. Elle en avait envie. À la manière d'un chat qu'on a approché des dizaines de fois sans le caresser, il fallait la laisser venir, ne rien brusquer, attendre que sa bouche et le reste donnent le signal. Les mains du jeune homme étaient moites d'anxiété.

Ils débouchèrent sur une clairière bien entretenue. Donna reprit son souffle. Appuyé contre un arbre, Thomas restait tranquille, les yeux à la recherche d'une quelconque source de lumière. Il n'arrivait pas à identifier l'endroit, alors qu'il connaissait la région mieux que personne. Les nuages masquaient en partie les fragments de lune. Tout à fait remise de sa marche, Donna prit Thomas par la main et l'entraîna sur un sentier marqué de traces de pneus plus épaisses que celles des pick-up. Thomas demanda : « Où sommes-nous ? », et la jeune fille répondit par un rire franc qui le fit fondre. O'Brien avait raison : cette fille valait la peine. Silencieux, ils bifurquèrent sur la droite et se retrouvèrent face à un mur de bois sombre sans issue. Deux poutres de hêtre soutenaient une large plaque de tôle ondulée sous laquelle ils se mirent à l'abri. Sur leur droite, une épaisse porte grinçait dès que le vent soufflait. Donna fit un pas en arrière, face à Thomas. Elle était belle. Mais pas à la manière des pin-up. Tandis qu'elle le fixait d'un regard qui disait *C'est maintenant*, Thomas cherchait à comprendre pourquoi cet air si doux dégageait une telle force de persuasion ; le même que Mary quand elle l'accompagnait, petit, le long des pistes.

Les contraires se rejoignaient en elle. Ils formaient

un bloc solide, une machine neuve prête à emporter tout ce qui se trouvait sur son passage. Donna avait la chaleur des vents secs qui se fracassent contre les éléments. Pourtant, quelque chose le gênait. Pire, quand elle vint se coller contre lui, il ne fut pas capable de prononcer un mot. Les mains de Donna se promenèrent sur son torse, sur ses bras, serrant ses doigts pour ne plus les lâcher. Sa bouche jouait sur la sienne, elle fouillait derrière ses oreilles, descendait le long de sa nuque. Thomas tenta de lui rendre sa tendresse, mais il en fut incapable. Ses membres se bloquèrent un par un, sa respiration s'affola. L'angoisse grimpait, sa gorge poussait des hurlements qu'il tentait de contenir.

Soudain, il comprit. Ce n'était pas Donna. Il refit le trajet jusqu'à la cahute dans sa tête et se rendit compte qu'il s'était complètement trompé en croyant que le chemin les menait vers Haven. Ils avaient tourné trop tôt. Le mur contre lequel ils se tenaient enlacés n'était autre que le pan ouest de la salle des machines de la scierie. Le type en salopette, ses mains sales accrochées à son visage, William, la gangrène. Sa mère le jour de l'enterrement. Thomas se mit à suffoquer. Ses muscles gueulaient. Pendant que Donna fourrait sa langue débutante entre ses dents, il revit son père à chaque période de sa vie : son départ le matin, ses soirées au Blue Budd, son regard après le repas, la sieste sur la véranda, les ouvriers, le médecin, la main bandée et l'enterrement, les gosses dégénérés qui jouaient sur le tas de bois qui avait servi à fabriquer le cercueil. Puis ce furent Gardener, Draven,

Nina, et son propre reflet dans la glace, son corps d'athlète qu'il ne savait pas défendre, sa mère en pleurs sur les marches, le médecin qui la regardait avec l'envie de la baiser sur place. Thomas se mit à trembler plus fort, de grosses larmes coulaient sur ses joues creuses. Il voulut crier, mais rien ne sortit. Il repoussa Donna. Étonnée, la jeune fille s'approcha de nouveau, mais Thomas, le crâne entre les mains, gémit : « Va-t'en, laisse-moi, va-t'en… » Il voulait rentrer chez lui, s'emmitoufler dans les draps propres lavés par Mary deux jours plus tôt. Son royaume l'appelait.

Elle tenta de le serrer contre elle, il la repoussa. Il murmurait des phrases dont elle ne saisissait pas le sens. L'orage se mit à gronder. Elle s'inquiétait pour Thomas, mais la peur commençait à la gagner. À ses pieds, le jeune homme, recroquevillé contre la porte, pleurait tout son soûl, rageait, crachait tout ce qu'il avait en lui. Une dernière fois, elle essaya de le prendre dans ses bras. Thomas fit volte-face, les yeux rougis, l'esprit embué. L'image d'une putain du Blue Budd vint se coller sur le regard inquiet de son amie, et tandis qu'elle tentait de le calmer, il la gifla de toutes ses forces, de toute son extraordinaire colère ; ce geste emportait avec lui les misères du monde entier.

Horrifiée, la jeune femme dévala le chemin transformé en rivière de boue. En moins de dix minutes, elle fut chez elle. Quand les clients du Blue Budd virent son ombre filer entre les maisons, ils ne la reconnurent pas.

Elle s'effondra sur le sol, pleura un long moment avant de jurer contre le fils Hogan. La peur cédait un peu d'espace à la fureur. Malgré la douleur, l'orage et l'effondrement, elle trouva la maigre force de se traîner jusqu'à son lit.

Elle s'endormit sur l'édredon, son gilet encore trempé.

5

O'Brien s'éveilla dans un lit qu'il ne connaissait pas. La lumière du jour l'obligeait à cligner des yeux. À ses côtés, le corps nu de Mary sortait peu à peu du sommeil. Les mouvements donnaient à sa peau des angles ronds dont les limites s'estompaient dès qu'elle se tournait dans un sens ou dans l'autre.

Il était neuf heures. Le médecin s'étira, embrassa l'épaule encore chaude de sa compagne et attrapa ses vêtements posés sur la chaise près de la fenêtre. Mary lui demanda d'ouvrir grand les volets et de laisser l'air frais entrer. Il obéit. C'était la première fois qu'il se retrouvait en compagnie d'une femme qu'il aimait à une heure pareille. La vue sur la propriété le pétrifia. Devant s'étendait un paradis sur terre, une étendue boisée criblée de clairières, de petits étangs abandonnés et de monticules rocheux. Des animaux filaient entre les arbres, il n'eut pas le temps de mettre un nom sur chacun d'eux. Les rayons du soleil perçaient la nature, renvoyaient des reflets jaunes et verts sur la façade de la maison. Il aimait cet endroit, et il adorait s'en rendre compte le matin de sa première nuit avec Mary.

Les draps furent repoussés au fond du lit. Mary enfila une longue robe de chambre couleur opale et descendit préparer le petit déjeuner. Seul face à la vue, le médecin savoura les souvenirs de cette première nuit. Il pensait s'en être plutôt bien sorti. Le corps de Mary l'apaisait, il ne le craignait pas, n'avait pas peur de faire un faux mouvement, de le brusquer. Longtemps, sa peau était restée calme et silencieuse comme un estuaire endormi. Leurs deux corps allaient bien ensemble, ils se rencontraient tels des amis de longue date, s'étreignaient à la manière de fibres de lierre enlacées naturellement les unes aux autres. O'Brien, accoudé à la balustrade de fer noir, ne désirait qu'une chose : recommencer, encore et encore, se réveiller chaque matin auprès d'elle, ouvrir et fermer les volets au rythme de journées paradisiaques, cadeau quotidien que personne ne lui avait jamais offert.

Du rez-de-chaussée, il sentit monter une odeur de pain grillé. Il s'habilla, tapota les oreillers de plume et sortit en refermant la porte derrière lui. Dans l'escalier, il se souvint du petit Thomas accroché aux jupes de Mary. Maintenant qu'il avait passé une nuit entière ici, il allait falloir expliquer au fils, avec les mots d'un homme, qu'il ne venait pas pour prendre possession des lieux ou changer le mode de vie de sa mère. Il les aimait tous deux, d'un amour franc, honnête, qui ne laissait aucune place à la frustration ou à la jalousie. O'Brien n'avait jamais été le genre de type à vouloir posséder ce qui l'entourait, il ne cherchait pas à acheter les objets ou l'estime des hommes par l'argent, le chantage. Si un de ses clients ne pouvait pas payer la consultation, il remettait le règlement à plus tard, ou s'arrangeait pour qu'il lui rende service. Loin d'être un homme qu'on arnaque facilement, il laissait aux êtres le temps de se construire, de répondre aux exigences morales que leur famille avait mises en place. O'Brien était un homme bon, ce qui ne l'empêchait pas de se transformer en garçon timide à l'idée de se retrouver en face de Thomas à l'heure du petit déjeuner. Il respira un grand coup, traversa le hall encore sombre et pénétra dans la cuisine, où Mary était déjà installée devant un grand bol de café chaud. Elle était seule. Le médecin tira la première chaise et s'assit en soupirant d'aise. Il demanda où était Thomas.

– Je ne sais pas, probablement chez Donna, il n'a pas passé la nuit ici en tout cas.

Un long silence s'installa, jusqu'à ce qu'O'Brien se lève. Il fit le tour de la table, vint se poster à la hauteur de Mary et l'embrassa à pleine bouche.

Elle n'attendait que ça.

Ils déjeunèrent ensemble. L'estomac calé et le cœur en paix, ils se mirent à parler d'Arthur, des cordes de planches à livrer dès que possible, des travaux à accomplir à la signature du contrat. Ils gloussèrent en se demandant si Thomas ramènerait Donna le soir même. Ils n'espéraient que ça. Tout irait pour le mieux, chacun à sa place, veillant à ses propres intérêts et à ceux du voisin. Il n'y avait aucune raison pour que les choses ne tournent pas rond. Chacun d'eux connaissait des histoires de famille dramatiques, ils avaient entendu les brèves du Blue Budd, se souvenaient de Draven et de Nina. Ils rencontraient chaque jour des gosses qui crevaient la bouche ouverte sous leurs yeux, des parents qui s'envoyaient au visage tous les objets à portée de main. La sérénité était un luxe qu'ils étaient sur le point de s'offrir, une récompense officielle pour les années de labeur durant lesquelles aucun d'eux ne s'était jamais plaint.

À dix heures, le médecin quitta la demeure des Hogan. Il longea la route principale et fit un détour par les nouvelles maisons du bourg. Une jeune femme s'inquiétait pour son dernier fils, dont les jambes se recouvraient de plaques rouges. Après sa visite, il regagna la route. Il lui fallait une bonne quinzaine de minutes avant d'arriver chez lui. Le médecin prit son temps ; il marchait d'un pas tranquille mais vif, l'air tout à fait reposé d'un homme qui a passé une bonne nuit.

À mi-chemin, il aperçut une silhouette échouée contre la balustrade. Un homme soûl, probablement. La plupart d'entre eux rentraient beaucoup plus tôt, se faisaient jeter par leur femme et essayaient de revenir dans la matinée. O'Brien s'approcha, fixa la carcasse affaissée et ravala un cri de surprise en reconnaissant Thomas, les yeux clos, cramponné au poteau comme s'il avait peur de tomber d'une falaise. Le médecin l'aida à se tenir debout, fit demi-tour en titubant sous le poids du jeune homme et l'emmena jusque chez lui. Avant le dernier virage, ils firent une pause. Silencieux, Thomas tentait de garder les yeux ouverts. Son haleine ne sentait pas l'alcool, il avait l'air d'avoir dormi dans le terrier d'un renard. Au bout d'un long moment, le médecin finit par demander :

– Où est Donna ?

Ahuri, le jeune homme répondit qu'il n'en savait rien, que l'assistante s'était barrée vers minuit et qu'il avait dormi derrière la scierie. Le médecin faillit demander ce qu'il pouvait bien foutre dans un endroit pareil en pleine nuit, mais il se ravisa. La voix grave du fils Hogan l'effrayait, ses cheveux en bataille retombaient sur une paire d'yeux qui auraient pu carboniser la nature d'un seul regard. Il ne le reconnaissait pas. Voûté, les bras ballants, la mine en berne, il ressemblait à son père les jours de caserne. Le goût de vivre avait quitté son corps, l'humanité de la veille au soir s'était dissipée en même temps que son désir pour Donna. Le médecin n'y comprenait rien. Une heure plus tôt, les lèvres blotties contre celles de Mary, il s'était senti fort. Rien de mauvais ne pouvait plus arriver à cette famille. À présent, il tentait de ne pas imaginer ce qui avait pu se passer entre son assistante et le jeune homme, mais la simple évocation de la scierie suffisait à alimenter ses craintes. Il caressa les cheveux du garçon, qui eut un brusque mouvement de recul.

– Je vais finir tout seul, merci, Doc'.

Vaincu, O'Brien le regarda s'éloigner. Thomas ne l'avait pas appelé « Doc' » depuis la mort de son père : c'était William qui enseignait ce genre de coutume à son fils, chaque type doit avoir un surnom bien défini. Appeler quelqu'un par son nom, c'est bon pour les bourgeois, les pasteurs et les maîtres d'école.

Quand il pénétra dans le hall, Mary était déjà partie travailler. La migraine brisait ses tempes. À l'étage, il s'écroula dans la baignoire. L'eau glacée ruisselait sur son corps dégoûtant. Pendant la nuit, de toutes petites bestioles s'étaient nichées sous ses aisselles et dans ses chaussettes. La crasse filait dans les canalisations tandis que ses muscles se dégourdissaient. En sortant du bain, il ne daigna pas accorder un regard à son reflet. Nu, il prit le temps de choisir des vêtements propres. Il farfouilla dans l'armoire de sa mère et retrouva la vieille sacoche usée d'ouvrier raccommodée dix fois par William. La bandoulière tranchait son corps en deux, soulignait la ligne des muscles de ses pectoraux. Sur le coup de midi, il quitta la maison, traversa le centre et prit le chemin qui menait à la scierie. Arrivé à hauteur des premiers chalets, il salua les ouvriers un par un. Arthur se tenait sous le porche de la salle d'études, à côté d'un bureau jonché de factures et de tasses à café sales.

Le contrat fut signé après que les chefs de chantier eurent terminé leur déjeuner. Satisfaits, les deux hommes se serrèrent la main, et Thomas alla fêter son nouveau statut au comptoir du Blue Budd. Les cocottes n'étaient pas encore arrivées. Trop tôt. Le patron lui servit un bourbon sans glace, suivi d'un autre, puis d'un double, puis du fond de la bouteille et d'un fameux alcool de menthe *dont vous me direz des nouvelles*. À quatre heures, les ouvriers descendirent en file indienne jusqu'à l'épicerie. Écroulé sur l'un des fauteuils installés sur la terrasse, Thomas ronflait à s'en faire péter les narines. Au même moment, Donna traversa la rue, les yeux encore embués. Les bras chargés de bande adhésive, elle paraissait plus fragile qu'un moineau.

6

Arthur n'avait pas menti : les affaires marchaient bien. Les stères étaient livrés à la scierie chaque premier mardi du mois. Aidé par deux jeunes apprentis, Thomas les chargeait à l'arrière d'un camion de la compagnie. Le fils Hogan touchait son salaire, plus des primes quand les bénéfices étaient supérieurs aux attentes d'Arthur. L'acharnement qu'avait mis William à entretenir la propriété rapportait à sa veuve et à son fils unique ; le bois était d'une qualité rare. Les apprentis travaillaient sous la direction de Thomas. Ils apprenaient à utiliser les instruments de découpe, à lier les billes de façon à obtenir des cordes bien égales. Ils arrivaient le matin à huit heures. Vers une heure de l'après-midi, ils déjeunaient sur la véranda. Mary préparait des gratins fumés aux pommes de terre, des blancs de pintade froids et des salades de poires au sirop. Elle ne parlait pas de Donna. Même si elle mourait d'envie de demander : « Pourquoi ? » Le regard de son gosse en disait plus que n'importe quelle crise de colère.

Thomas arrosait toujours son déjeuner d'une

bonne rasade de liqueur de menthe avant de jeter sa serviette sur la table et de monter à l'étage faire une sieste. À deux heures et demie, l'équipe reprenait le travail jusqu'à ce que les apprentis détachent leurs casques de protection et rangent leurs outils dans le petit abri que Thomas avait construit dans l'angle nord de la parcelle. Si les affaires marchaient bien pendant les huit mois à venir, il aurait de quoi employer un ouvrier à mi-temps, au moins pour le début de semaine.

Le soir, Mary s'occupait de la trésorerie tandis que son fils partait briquer les tables du Blue Budd. Il avait une belle ardoise, mais le patron s'en fichait. Le fils Hogan n'était plus le gosse aux bras maigres. Il était devenu un de ces hommes dont le silence pèse plus que la pire des injures. Depuis sa nuit avec Donna, ses cheveux avaient pris une teinte plus sombre. Ses joues s'étaient creusées, son nez s'enfonçait dans son visage, pareil à un pieu de bois taillé à la hâte. Ses lèvres rappelaient les babines d'un jeune chien mal élevé.

Deux ans après la signature du contrat…

Le rituel n'avait pas changé : chaque soir, il arrivait vers neuf heures, sirotait un premier verre au bar puis réservait sa table favorite. Les autres joueurs se pointaient plus tard, s'installaient à ses côtés et les parties s'enchaînaient jusqu'à ce que l'un d'entre eux, dépouillé, lâche son jeu sur le tapis couleur pelouse et décoche un fabuleux crachat sur le sol recouvert de mégots et de bris de verre pilé. À deux heures, le néon du Blue Budd n'éclairait plus la rue. Thomas, ivre et enrichi, filait en zigzag jusque chez lui, s'écroulait une ou deux fois dans les escaliers avant d'atteindre sa chambre. Dans la pièce voisine, Mary priait tant qu'elle pouvait, sauf quand le médecin passait la nuit avec elle : il la prenait contre lui et ses inquiétudes s'envolaient.

Thomas allait régulièrement sur la tombe de son père. Il croisait les habitués, ceux pour qui le cimetière était une nouvelle maison, plus accueillante que leur propre bicoque. Les dernières générations passaient un temps fou à entretenir leurs emplacements, à choisir les bonnes couleurs de bouquets, à changer la place des plaques de marbre montées sur des pieds métalliques. Thomas ne faisait rien de tout ça. Il se tenait devant la tombe de son père ; ils semblaient échanger des pensées secrètes. Chaque samedi, il y passait une bonne partie de la matinée. Puis il allait rejoindre sa mère et O'Brien, qui évitait de mentionner Donna. La jeune fille bossait toujours pour lui, sa vigueur continuait à alimenter le mythe, mais de drôles d'oiseaux lui tournaient autour. Paul en tête.

Le garçon s'était installé seul. Après un bref séjour à l'hôpital, cloué au lit par une inflammation des intestins, il avait l'interdiction formelle de ne plus toucher à une goutte d'alcool. Depuis, le jeune homme s'était mis en quatre pour trouver de quoi payer un deux-pièces au-dessus de la laverie de Haven. Pendant deux mois, il s'essaya à la course hippique dans un centre tenu par un ami de son père. Ses efforts ne payaient pas. L'entraîneur le renvoya à ses murs cramoisis, et Paul finit par trouver un job dans un dépôt municipal. Il devait trier les palettes d'aliments entassées dans un hangar humide à deux kilomètres du centre-ville. Des monte-charges envoyaient la nourriture sur une plate-forme où trois hommes en uniforme bleu défaisaient les plastiques de sécurité pour répartir les colis en parts égales. Paul devait ensuite se rendre au magasin de vente directe, troquer sa salopette contre un ensemble rouge et blanc à boutons noirs. Ses cheveux furent coupés très court. Un badge épinglé sur sa poitrine indiquait son nom, son prénom et sa date de naissance. Quand il quittait le magasin, il riait en se rappelant les nombreuses occasions qu'il avait eues de briser les vitrines à grands coups de batte, bouteilles de vin et démonte-pneus. Pourtant, à force de bonne volonté et de biftons gagnés honnêtement, il avait lâché une bonne partie de ses principes de petite frappe afin d'économiser de quoi quitter la région le plus vite possible. Paul était de ceux qui n'avaient jamais su se couler dans la terre de leurs ancêtres. Sa soif de découverte dépassait largement les soirées de casse où ses acolytes le portaient en triomphe dès qu'il ouvrait sa gueule. Après son hospitalisation, sa haine s'était dissipée. L'ennui persistait. Paul avait pris son courage à deux mains pour affronter le regard de son oncle ; il s'était excusé, avait remboursé ses dettes et promi de ne plus toucher aux pneus du pick-up. Il n'était pas retourné voir ses parents : il n'en avait ni l'envie ni le courage. Sa vie s'écoulait tranquillement entre les heures supplémentaires et les séances de cinéma en plein air où il se rendait seul. Et il y avait les visites médicales chez O'Brien. C'est là qu'il vit Donna pour la première fois. La jeune femme avait commencé à travailler en ville après l'hospitalisation de Paul, elle ne connaissait pas grand-chose de ses vieilles amitiés ni de ses frasques passées. Thomas n'en avait jamais parlé. Pas plus que du reste.

Petit à petit, Paul vint plus souvent en ville. Il ne dérangeait personne. Le médecin comprit son manège, mais quoi qu'il fît, malgré ses remontrances, son employée disait : « Au moins, Paul ne me collera pas une danse si je cherche à l'embrasser. » Son jugement était sans appel. Elle haïssait Thomas, refusait de le voir, de lui parler, elle s'interdisait même d'y penser. Tandis qu'elle enfouissait sa fureur au plus profond d'elle-même, Paul se faisait tendre, charmeur sans être vulgaire, il la complimentait, ne dépassait jamais les limites de la bienséance. Curieusement, il s'était attaché à Donna de la même façon qu'on se lie d'amitié avec un inconnu croisé dans une gare. Bien sûr, il la désirait. Pire qu'un homme amoureux. Mais ce n'était pas que ça. Au fil du temps, il avait acquis un respect admiratif pour la jeune femme. Tout comme O'Brien prenait soin de Mary, Paul aurait voulu emmener Donna, la protéger de cet endroit qui anéantissait le moindre espoir de réussite. Il avait la certitude qu'elle méritait mieux. Lui non plus n'avait jamais mentionné Thomas, sa rancune contre lui persistait, telle une brûlure encore perceptible après que la peau se fut cicatrisée. Donna l'appréciait. Au contraire de Thomas, Paul parlait beaucoup. Comme un enfant qui vient d'apprendre à former des mots, il s'extasiait sur un rien, racontait qu'il voulait s'en aller faire sa vie ailleurs, dans un endroit où personne ne lui demanderait de comptes, un endroit où l'on n'a pas besoin de faire partie des meubles depuis quatre générations pour se faire accepter. Il lui montrait des cartes routières barbouillées de lignes rouges indélébiles. Donna aimait qu'il lui accorde ces instants de répit entre deux patients. Il l'apaisait, la nourrissait de forces supplémentaires. Il lui confia ses histoires passées, ses parents, Calvin, le renvoi, la débrouille, l'appartement et les vitrines brisées. Il ne mentit sur rien. Les aveux touchèrent la jeune fille, qui accepta une invitation à dîner le jeudi suivant. Ils iraient dans un bon restaurant à la sortie de Haven. Elle n'avait rien à craindre.

De son côté, Thomas commençait à reluquer les greluches du Blue Budd. Depuis Donna, aucune fille ne l'avait approché. Son air renfrogné, ses cheveux secs et sa moue boudeuse n'attiraient pas les foules. Les rumeurs circulaient : il bossait dur, même sous une pluie battante, sa mère se tapait le médecin – la belle affaire –, il était coriace en affaires, violent avec les femmes. Les vieilles du quartier disaient que l'âme de son père flottait au-dessus de lui. Les deux apprentis ne se plaignaient pas, mais le plus jeune quitta la compagnie au bout de quatre mois, prétextant une urgence familiale. Il ne revint jamais. Le second, plus robuste, restait aux ordres de son patron, mais les nuits de beuverie, il gueulait en pleine rue : « Demain, je démissionne, demain, je dégage, retour au bercail, mon p'tit pote ! » Le lendemain, la gueule de bois l'empêchait de faire un pas. Thomas était craint, peu l'appréciaient. Les joueurs la fuyaient : trop violent, trop tendu. Il lui était arrivé de renverser une table à la découverte d'un joker dans le paquet de cartes. L'oncle de Paul ne voulait pas le mettre à la porte, Thomas était son meilleur client et il payait tous les mois. Cela suffisait. En cas d'incident, il s'arrangeait toujours pour que le fils Hogan s'excuse. L'affaire réglée, tout le monde buvait un verre, et les parties reprenaient bon train. La collaboration avec Arthur enrichissait non seulement son associé, mais aussi le propriétaire du Blue Budd, qui accueillait Thomas cinq soirs par semaine. L'argent passait de poche en poche, s'étalait sur les tapis de cartes, chiffonné par d'hésitantes paluches aux ongles jaunis par le mauvais tabac.

Mary avait cessé de travailler en dehors de la ville. Elle passait le plus clair de son temps chez elle ou en compagnie d'O'Brien. Son fils, bien que très respectueux, parlait peu. Elle se rassurait en se disant que Thomas n'avait jamais été un grand bavard, mais son silence la glaçait, il ne dégageait plus les mêmes signes de confiance. Elle continuait de le câliner, de lui prouver son indestructible tendresse, mais plus elle s'approchait, plus il reculait. Une bête domestiquée retournée à l'état sauvage.

Le soir, après dîner, il quittait la maison sans un mot, claquait la rambarde de bois et s'enfonçait dans la nuit ; le fauve regagnait sa tanière.

7

Un jeudi après-midi de juin, Arthur invita son jeune associé à dîner. Il voulait lui parler d'un nouveau projet. Thomas demanda des précisions, mais Arthur, sourire aux lèvres, lui donna rendez-vous le soir même et lui promit une pelletée de bonnes nouvelles. Soit. L'apprenti, qui avait entendu la conversation, lança un « vous allez gagner encore plus d'argent, monsieur Hogan ? ». Son patron haussa les épaules, épousseta sa veste et congédia l'employé. Il était cinq heures de l'après-midi. Mary repassait une taie de traversin. À ses pieds, une pile de linge propre reposait au fond d'une bassine en plastique blanc. Sa robe à manches courtes, ceinturée par une attache de cuir, marquait ses hanches et la forme de ses seins. Au fil du temps, malgré la fatigue, son corps n'avait pas beaucoup changé. Les rides de lion, pattes-d'oie et bajoues de dindon faisaient leur apparition, mais elle conservait une beauté que son fils ne s'expliquait pas. Mary était de ces femmes qui ne se plaignent pas, encaissent chaque coup, se bonifient comme un grand cru.

Thomas s'habilla convenablement. Il ne ressemblait plus à un adolescent trop sage. Son visage prenait des airs de vaisseau fantôme, creusé par des sillons anguleux. Ses cheveux avaient poussé. Il les coiffait à l'aide d'une gomme luisante qui demeurait collée sous ses ongles. Il s'assura de son allure puis descendit. Sa mère siffla d'admiration, lui lança les clés de la vieille bagnole garée à l'entrée de la petite cour et promit d'ouvrir une bonne bouteille à son retour.

Malgré son allure de grand loup solitaire, le fils gardait en lui une profonde affection pour Mary. O'Brien, Puppa, les apprentis, il supportait de moins en moins leur présence, mais celle de sa mère suffisait à lui faire oublier ses mauvaises pensées. Il aurait voulu être capable de la remercier. Il fit tourner le porte-clés autour de son index, embrassa Mary et sortit démarrer la voiture. Elle tenait encore la route. Tandis qu'il filait vers Haven, sa mère regardait le nuage de poussière s'estomper.

Thomas aimait conduire la vieille bagnole. Les grincements le rassuraient. Il se méfiait des voitures neuves et plus encore de ceux qui les vendaient. Tant que celle-ci ne perdait pas ses pneus en route, il ne s'inquiétait pas.

La chaleur du soir rentrait par la vitre côté passager. L'autoradio diffusait un titre que Thomas avait entendu des dizaines de fois au Blue Budd. La chanson parlait d'un chasseur amoureux d'une bourgeoise à qui il laisse du gibier mort devant sa porte pour lui prouver son amour. La fille, horrifiée, finit par prévenir les flics, et le soupirant doit payer une amende pour dépôt d'ordures sur la voie publique. À chaque diffusion, Thomas se gondolait. *Pauvre type, laisse tomber ta bonne femme et garde ta nourriture pour tes amis*... À mesure que la nuit tombait, les champs autour de la ville prenaient des teintes rouge sang mêlées à des touches plus claires, fendues par les allées et venues des agriculteurs et des chiens de troupeau.

Le restaurant accueillait une petite dizaine de clients bien habillés. La voiture était garée sur un parking attenant à l'école primaire. Arthur attendait son associé, installé dans un large fauteuil de cuir. Une serveuse aux cheveux bruns retenus par un élastique bleu apportait des hors-d'œuvre au poisson, à l'ail et au beurre salé. Arthur avait commandé un des meilleurs bourbons. Ils trinquèrent en riant.

– Mon garçon, les affaires marchent de mieux en mieux, il faut voir plus grand. Je vais ouvrir un magasin spécialisé à Haven. Un des plus gros hangars de stockage de la région. Tu en es ?

Thomas était aux anges. Personne ne lui avait jamais fait confiance de la sorte. Passablement grisé par l'alcool et la nourriture de qualité, il promit d'y réfléchir, mais son sourire laissait deviner sa réponse. Ils parlèrent des bénéfices, du nombre d'ouvriers à embaucher en début d'année, des travaux qui coûteraient plus d'un bras. La serveuse débarrassait leurs assiettes, remplissait les verres et souriait quand Arthur la complimentait sur ses poses d'actrice de cinéma. À dix heures, la salle commune était bondée. Des couples nouveaux prenaient leur premier vrai repas en dehors de leur foyer. Attendris, Thomas et Arthur les regardaient. Après le crumble du chef, ils prirent chacun une liqueur de menthe. Arthur commençait à tourner de l'œil, il supportait moins l'alcool que son acolyte. Il finit par somnoler, écroulé sur son fauteuil. Quand Thomas tourna son siège vers la salle, il faillit lâcher son verre sur le parquet lustré.

Donna et Paul. Elle souriait, s'esclaffait de bon cœur. Un type en costume gris vint les saluer, l'œil baladeur. Ses cheveux bouclés flottaient sur ses épaules couvertes d'un gilet décolleté à quatre boutons dorés.

Les narines de Thomas se gonflent. Sa peau sent l'alcool, la fureur. Il hait Paul. Il veut se lever, prendre une chaise et la fracasser contre la table. Attraper tout ce qui est à sa portée et en finir avec ce type, ce bâtard drogué qui n'a jamais rien fait de bon. Le regard fixe, il pense *C'est moi qui devrais être à sa place*. Pendant qu'il fait du chiffre avec Arthur, des jeunes gens apprennent ce qu'est le bonheur des choses simples. Paralysé par la colère, il s'éponge le front. Une large trace de sueur marque la manche de son costume. Profondément endormi, Arthur bave.

Thomas respire un grand coup. Il veut se jeter sur eux, leur crever les yeux, arracher les vêtements de Donna et les fourrer dans la bouche de Paul jusqu'à l'étouffer. Il veut enfouir sa tête dans les jupes de sa mère et pleurer, mordre le mollet sous sa bouche et gueuler : « Ce n'est pas ma faute. » Il aimerait que les choses soient autrement, comme la plupart de ceux qui ont tout perdu avant d'avoir commencé à jouer. À presque vingt-cinq ans, Thomas n'est plus en mesure de reconnaître le bien du mal. Ses principes s'amenuisent à mesure que la colère prend le dessus. Après tout, il sera bientôt riche, à la tête d'une vaste entreprise, il pourra combler sa mère, s'offrir ce qui lui plaît et visiter des pays qu'il ne connaît pas. Paul ne sera jamais capable d'accomplir le centième des efforts de son ancien ami. Petite copine ou pas, il reste le plus faible des deux.

Hogan se met à trembler. Il entend la voix de son père résonner en lui à la manière d'un disque rayé. La nausée imbibe sa gorge, ses poumons et son estomac. Il laisse Arthur en plan, sort précipitamment du restaurant et court jusqu'au parking. Des gamins jouent au milieu de la rue, il leur fait signe de dégager. La chaleur l'étouffe, à la manière d'une femme très laide qui tenterait de l'étreindre contre sa poitrine.

La voiture file sur la route principale. Un phénomène de foire : elle grince, râle, hurle de toute sa vieille mécanique. Ivre, Thomas imagine le couple en train de baiser. Plus il sent son corps bouger, plus il appuie sur l'accélérateur. Au virage, il renverse des bacs à fleurs qui répandent leur terre mouillée sur la chaussée. Puis il bifurque sur la gauche, emprunte une petite rue mal éclairée et file direction nord. À hauteur des dernières masures de Haven, des larmes alcoolisées plein les mains, il se met à gueuler de toutes ses forces. Il ne voit pas la silhouette arriver sur sa gauche, accompagnée d'un bambin que la mère aurait dû coucher plus tôt.

8

Le choc secoua la guimbarde. Thomas jeta un coup d'œil dans le rétroviseur, aperçut un tout petit corps étendu sur le goudron. Les bras désarticulés paraissaient démesurément grands. Il stoppa net la bagnole, et, sans un mot, s'écroula le nez sur le volant. Dehors, les voisins, réveillés par les cris, rejoignaient un à un les lieux du drame.

Entre les deux bandes de peinture jaune, une mare de sang frais formait une gigantesque aile d'oiseau brisée.

9

Trois ans de prison ferme.

La mère pleurait derrière l'avocat trop maigre de la famille Hogan. Arthur, Puppa et Mary se tenaient dans l'angle le plus reculé. Thomas portait le costume de son père. Les familles lui lançaient des regards de coyotes affamés. Le procureur n'eut pas besoin d'en faire des tonnes ; l'avocat, livide, proposa d'une voix faible de faire appel, mais Thomas cligna des yeux, l'air de dire *J'ai assez fait de dégâts.*

Il sortit du tribunal les mains menottées. Au bas des escaliers, un journaliste attendait le verdict. Une petite foule regarda le tueur s'engouffrer dans une voiture de police aux vitres teintées. Des femmes, en deuil lançaient des caillasses contre les pneus.

Thomas fut envoyé à la prison de Kent, à quarante kilomètres au nord de Haven. Au moment de remettre ses objets de valeur, il glissa une lettre dans la boîte en carton qu'un fonctionnaire lui présentait. Nu face à lui, il le pria de remettre la missive à sa mère s'il le pouvait. Le flic était plus vieux. Il hocha la tête, lista les objets glissés dans un sac de Cellophane. De dos, Thomas avait l'air plus mince qu'il ne l'était. Ses cheveux coupés, il ressemblait plus à un militaire qu'à un meurtrier. Dans l'heure qui suivit, sa photo fut épinglée sur une fiche verte qu'une machine toute neuve plastifia, avant qu'un sergent ne vienne la classer dans le casier approprié.

La semaine suivante, Mary était présente. L'heure des visites. Son fils la regardait avec des yeux de chien battu. D'une voix douce, il la pria de ne plus revenir. Il écrirait. Une fois par mois, s'il en avait le courage. Assis sur un tabouret bancal, il regarda sa mère pleurer avant de disparaître dans le couloir qui menait aux cellules.

Les trois années suivantes passèrent moins vite que les vingt précédentes. Arthur embaucha l'apprenti qui travaillait toujours sur la propriété. L'argent servit à payer les dommages du procès. Les premiers mois, quelques journalistes, curetons et chefs d'association vinrent cogner à la porte des Hogan. O'Brien n'ouvrait pas. Depuis l'accident, il habitait chez Mary. Chaque semaine, Puppa passait prendre des nouvelles. Le patron du Blue Budd vint lui dire qu'il fallait régler l'ardoise de Thomas, au cas où celui-ci ne se repointerait pas. Elle paya. Pour tout. Fière comme une lionne qui vient de recevoir une volée de plombs dans le flanc, elle restait debout, mal en point, les yeux rougis par les larmes qui venaient dès qu'elles en avaient l'occasion.

Elle gérait les comptes des travaux d'exploitation, mais l'apprenti ne déjeunait plus sur la véranda. Le médecin avait cédé une bonne partie de ses patients à Donna, qui ne remit jamais les pieds chez les Hogan. Parfois, Arthur envoyait ses meilleurs ouvriers entretenir le reste de la propriété. Ceux qui avaient des mômes refusèrent d'approcher la demeure. La bagnole fut décortiquée par un garagiste qui revendit les pièces encore potables.

De son côté, Arthur trouva les fonds nécessaires à la construction de son magasin. Il n'en voulait pas à Thomas. *Les affaires sont les affaires*. Le soir du drame, il s'était réveillé sur la terrasse du restaurant. Débraillé, il avait marché jusqu'à l'endroit où trois voitures de police faisaient gueuler leurs sirènes inutiles. Depuis, il freinait sur l'alcool.

Au Blue Budd, les rumeurs allaient bon train. Les putes s'en donnaient à cœur joie. Les joueurs de poker se mirent à tricher. L'oncle de Paul réglait les bagarres à la carabine. La ville grondait, la nouvelle filait dans les salles de classe, les magasins, les clubs de lecture et les églises. Mary sortait peu. Le médecin s'occupait des courses, du courrier. Puppa et les autres tentaient de calmer les bavards, mais personne n'avait envie de se taire. C'était une trop belle occasion de raviver les rancunes, de nourrir les fantasmes des vieilles filles. L'affaire du fils Hogan fit plus de bruit que les doigts coupés du musicien amoureux. On s'imaginait l'inimaginable, les pires horreurs circulaient pendant les repas de famille. Nuit et jour, il y avait quelque chose à dire. La ville ne dormait jamais. Ses rois n'avaient pas sommeil.

Mary respecta la volonté de son fils. Elle reçut des lettres mal rédigées auxquelles elle répondait la semaine suivante. O'Brien postait ses réponses. Au cours de la deuxième année, les missives se firent plus rares. En janvier, la boîte aux lettres était vide. Mary fit le trajet jusqu'à Kent, où elle fut refoulée par un gardien aux dents pointues.

– Votre fils ne veut pas vous voir, ni vous ni personne. Allez-vous-en.

Elle n'insista pas.

Pendant plus d'un an, elle ne sut rien de la vie que menait son fils derrière les barreaux. La seule information fut postée par le juge d'instruction, qui lui indiquait la date et l'heure de sortie. Cette perspective lui permit de garder la tête haute. En l'absence de Thomas, elle avait bien géré le patrimoine et s'était même arrangée pour lui mettre un petit pécule de côté, en plus de ses propres économies. Le médecin et elle se préparèrent à retrouver Thomas ; ils firent des travaux à l'étage, changèrent les papiers peints, les rideaux, achetèrent de nouveaux tapis pour le hall et le couloir entre les chambres et la salle de bains. La sortie était prévue pour le 12 octobre, à neuf heures. Le 11, Mary pria à s'en fendre les doigts.

Arthur, O'Brien et la veuve arrivèrent devant la centrale à neuf heures dix. Ils avaient été retardés par un embouteillage sur la grande voie : un camion renversé sur le bas-côté.

Les alentours étaient calmes. Devant l'immense

grille, quelques détenus fraîchement libérés embrassaient des femmes aux yeux cernés. Mary se tenait appuyée contre le capot de la Ford. Arthur fumait une cigarette en écoutant les informations locales. Le médecin faisait les cent pas.

Une heure plus tard, aucune trace de Thomas. Puis un vigile sortit d'une petite porte blindée située sur la droite du mur d'enceinte. O'Brien vint à sa rencontre. Le type expliqua que Thomas avait signé l'acte de sortie à neuf heures pile, puis s'était dirigé d'un pas sûr dans la direction opposée à Haven. Comme il était majeur, sa disparition n'était pas un motif suffisant pour entamer une procédure de recherche. Mary n'eut pas la force de s'effondrer.

Silencieux, ils regagnèrent la propriété, où les arbres perdaient peu à peu leur pelage d'été et lançaient des branches mortes en travers des pistes forestières.

10

Chapel est une petite ville.

Le cimetière compte plus d'habitants que l'avenue principale. Une usine d'abattage fait vivre la moitié des familles ; les autres travaillent plus loin ou attendent le dernier compte à rebours, assis sur des fauteuils troués. Dès leur naissance, les enfants ont des cheveux foncés. Leurs dents sont vite cariées ; les plus faibles meurent tôt. Il faut être né ici pour apprécier les lieux. Personne ne voudrait s'installer à Chapel, même pour de grosses sommes d'argent. L'air est lourd, les gens fuient, personne ne pleure quand un ami déménage pour sa boîte de paradis. Les étrangers de passage ne s'arrêtent pas. Ils achètent de l'alcool, des cigarettes, sifflent des filles allongées sur les terrasses moisies et déguerpissent rapidement. Venir vivre à Chapel, c'est cogner aux portes de l'autre monde.

À l'usine, Thomas demanda s'il y avait du travail pour lui. On lui dit que non. Il insista, expliqua qu'il avait travaillé dur pendant plusieurs années et que le labeur ne lui faisait pas peur. C'est vrai qu'il était grand et fort, mais son visage ne rassurait personne. Le patron lui trouvait des airs de faux jeton, de ceux qui planquent des secrets au plus profond d'eux-mêmes, si bien qu'ils finissent par remonter tout seuls à la surface. Cependant, on avait besoin d'ouvriers comme lui. La plupart des hommes n'aiment pas avoir du sang sur les mains ; le chef des opérations sentit que ce n'était pas la première fois pour son nouvel employé.

Il loua une petite chambre qu'un cafard n'aurait pas voulu habiter. Par endroits, le papier peint se décollait, de larges traces de saleté striaient le sol et le bord de l'unique fenêtre. Sa chambre donnait sur un terrain vague où les gosses venaient fumer des cigarettes concoctées par leurs soins. Certains réparaient de vieux vélos, des guitares, fabriquaient des jouets informes pour les petits frères. Leurs genoux écorchés étaient noirs de poussière, la boue séchait sur leur peau, semblait ne jamais disparaître. Pendant des heures, Thomas les regardait à l'œuvre. Au même âge, il dormait dans des draps propres, parcourait les chemins avec sa mère et dégustait des tartes qu'elle laissait refroidir sur la véranda. Il avait eu tout ce dont un enfant, tout ce dont un homme peut rêver pour commencer sa vie du bon pied. Il aurait aimé la finir de la même manière.

Pendant deux mois, Thomas occupa son poste à l'usine. L'employé modèle. Sauf qu'il ne parlait pas. À part son chef, personne n'avait entendu le son de sa voix ; le matin, il arrivait à huit heures, passait un uniforme bleu marine et s'enfonçait dans les couloirs carrelés. Ses collègues le saluaient, il répondait d'un signe de la main. À midi, il s'arrêtait un quart d'heure, pas plus. On murmurait qu'il avait un tas de choses à se reprocher.

Thomas avait bien choisi son point de chute : Chapel était une ville assez éloignée de Haven, ils ne pouvaient pas être au courant. Les trois années passées en cellule lui avaient appris à se taire, à chercher les moyens de se fondre dans la masse et de régler ses affaires seul. La prison ne l'avait pas affaibli physiquement, mais il ne parlait plus. Les barreaux de sa cellule avaient tranché sa gorge. Lui-même ne savait pas s'il ne voulait plus ou s'il ne pouvait plus parler. Pourtant, il voulait voir sa mère, s'excuser, lui promettre de disparaître pour qu'elle puisse enfin oublier.

Pourtant, quand il s'imaginait attablé dans la cuisine, Thomas tentait de comprendre ce que pouvait ressentir Mary ; son fils avait tué celui d'une autre. Il n'était plus seulement son enfant, mais aussi un meurtrier. Aux yeux du monde, c'était ce qui comptait. Thomas avait été jugé et purgé sa peine ; sa vie pouvait recommencer s'il était capable de tirer un trait. Mais il savait aussi que la mémoire d'une ville est infaillible, qu'elle fige les événements terribles et ne se préoccupe pas de ce que pense la mère d'un enfant qui s'est trompé une seule fois dans sa vie. Thomas s'attendait même à ce que les parents du petit viennent lui coller une carabine entre les deux yeux. À Haven, la vengeance est un plomb qui se mange chaud.

En prison, il avait écrit une lettre par jour. La plupart étaient ficelées dans son sac de toile. De temps en temps, il les relisait ; elles l'obligeaient à ne pas oublier son crime et les heures passées blotti dans la peur, confronté à une forme de violence qu'il ne connaissait pas. Le milieu carcéral avait toujours été un endroit dont les grands-pères discutaient pour faire peur aux gosses, et jamais il n'aurait cru s'y retrouver un jour. Il avait réussi à trouver les mots pour parler à sa mère, mais il était incapable de les lui envoyer. Dès que ça la concernait, il se sentait impuissant. Thomas pensait qu'O'Brien avait certainement pris soin d'elle, qu'il était le mieux placé pour lui faire oublier que son fils devenait sa plus grande honte après avoir été sa seule fierté.

Il ne se fit pas d'ami à Chapel. On ne le voyait nulle part. Une fois par semaine, il sortait de son trou pour acheter de maigres provisions qui n'auraient pas nourri un adolescent. Les cadences de travail l'épuisaient ; le soir, il se couchait sans manger, étalait ses jambes endolories sur le dessus-de-lit. Avant de s'endormir, il s'imaginait le jour où il reverrait sa mère. Plus le temps passait, plus il tentait de se donner du courage.

Il fallait y retourner, et rester sur place. Habiter à Chapel lui avait fait comprendre à quel point sa ville natale lui appartenait, et inversement ; son royaume l'avait façonné, éduqué. Ses terreurs étaient nées dans ces rues, ses joies aussi. Quoi qu'il arrive,

Thomas ne pouvait pas reculer plus longtemps : Chapel n'était rien qu'une salle d'attente, un endroit où il lui était permis d'être quelqu'un d'autre.

Alors, un soir de décembre, il annonça à son chef qu'il serait absent le surlendemain. Raison familiale. Comme l'employé n'avait jamais failli, on lui accorda une journée de repos, à condition qu'il passe dans l'équipe de nuit la semaine suivante. Thomas accepta, promit d'être à son poste au moment convenu et rentra chez lui fourrer ses quelques affaires dans son sac de toile. Haven se trouvait à plus d'une centaine de kilomètres de Chapel : il lui fallait prendre le train jusqu'à Abby, puis monter dans un vieux tacot qui l'amènerait jusqu'à l'entrée de la ville. Le trajet lui donnerait le temps de préparer ses phrases. Sur le chemin de la gare, Thomas se rendit compte qu'il n'avait pas eu de véritable conversation avec un être humain depuis plus d'un an. Pourtant, il savait que sa voix reviendrait dès qu'il aurait passé la rambarde.

11

Puppa avait passé la matinée chez un ami à réparer une vieille bagnole qui toussait plus qu'un malade en phase terminale. La cour puait, des poules hystériques traversaient les flaques d'eau en battant des ailes.

L'opération avait pris plus d'une heure. Les deux vieux s'étaient rendus en ville s'offrir un déjeuner digne de ce nom avant de s'effondrer, heureux et rassasiés, sur la terrasse de l'épicerie, fermée pour cause d'inventaire. Soigneux comme un prêtre, Puppa roulait des cigarettes qu'il emmagasinait dans une petite boîte en fer frappée aux initiales de son père. À ses côtés, son comparse ronflait, les jambes allongées sur une table basse jonchée de mégots et de verres vides. Puppa roulait sa onzième cigarette quand il vit Thomas traverser la rue.

Il était maigre. Pas mince comme les ouvriers du coin ; ses muscles avaient disparu. Les os sous sa peau faisaient un pantin dont les membres semblaient mal accrochés les uns aux autres. Thomas avait percé des trous supplémentaires à sa ceinture. Quand il vint s'asseoir face au plus vieux copain de son père, il ne décela aucun signe de surprise sur son visage. Il avait l'impression que Puppa l'attendait, qu'il n'y avait rien de plus évident que leur rencontre. Thomas ressemblait toujours au gosse qui refusait de jouer sur le tas de bois avec ses cousins ; simplement, à la place des yeux, il avait deux trous noirs qui saignaient quand l'émotion montait trop vite.

Puppa souffla les premiers mots. Il n'était pas fâché, sa voix n'avait rien de celle d'O'Brien le lendemain de la nuit à la scierie. Thomas n'eut pas besoin de poser les questions qu'il avait préparées : le vieux parlait doucement, sans s'arrêter.

Paul et Donna vont quitter la région. Ils se marient dans dix jours. Le Blue Budd tient la route, mais l'oncle parle de vendre pour construire une nouvelle maison à sa femme. Depuis le temps qu'elle en cause, de sa baraque. Mary va bien, elle a beaucoup pleuré, mais elle sait que son fils est vivant, elle ne lui en veut pas. O'Brien s'occupe d'elle comme d'un enfant qui n'a pas faim. Arthur a ouvert son magasin, les affaires marchent du tonnerre, il dit qu'il va gérer un grand centre de dépôt d'ici deux ans. À la scierie, les ouvriers ont une heure de repos supplémentaire par semaine. Deux enfants sont nés. Gardener travaille à la caserne, dans un grand bureau aux fenêtres bleues. Ses gosses grandissent, l'aîné s'en sort bien en classe, il suit les traces de son père.

Thomas écoutait. Il ne comprenait pas. Ces gens semblaient heureux. Ils avaient tous vécu l'enfer avant d'atteindre leur paradis quotidien. S'il fallait passer par là pour dormir sur ses deux oreilles, il était certain d'avoir purgé plus que pour deux. Les yeux plantés dans ceux de Puppa, Thomas ne se vit plus comme un assassin d'enfant, expression qu'on lui avait si souvent répétée dans les bureaux de l'administration pénitentiaire. Il se sentait chez lui. Ses poumons battaient tels deux éventails cassés. Sa fureur contre Paul et Donna s'était tue, laissant place à un désespoir tranquille. Après tout, s'il n'avait pas droit à l'amour, il y aurait toujours sa mère, O'Brien, leur maison. Les arbres, les renards, la véranda. Pendant quelques minutes, il perçut l'odeur des draps propres et le souffle du vent frais s'engouffrer entre les volets à demi clos. D'un signe de tête, il remercia Puppa. Le vieux s'assoupit, l'air de dire *Ce n'est rien, mon garçon.*

Le chemin jusqu'à la propriété sembla durer des heures. Il l'avait parcouru des milliers de fois. Ses jambes refusaient de le tenir droit ; à deux reprises, il buta contre des touffes d'herbe d'où s'échappaient de tout petits serpents à la peau brune.

Rien n'avait changé. Il caressa la rambarde de bois, s'engouffra sous le porche, le cœur tambour, des fourmis dans les jambes, les bras, partout. Deux sièges rembourrés encadraient la porte d'entrée aux carreaux propres. De l'autre côté, le linge étendu envoyait des effluves familiers. Il n'en pouvait plus d'attendre, la vie lui ouvrait les bras, juste derrière le paillasson.

Il frappa. Trois coups secs, comme son père faisait en revenant du travail. Thomas avala sa salive une bonne dizaine de fois. Il ne se remémorait plus les phrases qu'il avait préparées pour se justifier. Qu'importe, personne ne vint ouvrir.

Il frappa de nouveau. Trois coups. Puis six. Encore. Trois coups. Et encore. Puis il se mit à tambouriner. De plus en plus fort. Un carreau se brisa. Les morceaux de verre s'échouèrent contre ses bottes en cuir. Au bout d'un moment, il finit par s'asseoir devant la porte, le front mouillé, les yeux aussi. Sa mère n'était pas là. Il revenait, après plus de trois ans d'absence, et sa mère n'était pas là. La situation lui semblait ridicule, improbable. Il se consola en se disant qu'elle allait revenir d'une minute à l'autre, quand son regard fut attiré par un objet rangé contre les marches du perron.

La poutre principale soutenait un tabouret usé. Thomas le reconnut sans peine : c'était celui que le serpent avait entrepris d'escalader. Mary lui avait raconté cette histoire ; ses premiers mots. Thomas sourit, attrapa l'objet et constata qu'il lui manquait un pied. Il ne pouvait pas tenir debout. Il tenta de le poser à terre, mais, quelle que fût la position, il s'écroulait. Et Mary ne revenait toujours pas.

Alors il comprit. Sa mère ne l'attendait pas. Il était revenu mais n'avait pas encore décroché un mot. Il restait muet, un tabouret hors d'usage dans une main, son sac de toile dans l'autre, des morceaux de verre brisé sous les talons. À lui aussi, la force manquait pour tenir debout. Pourtant, il était chez lui. Enfin.

Il avait réussi. Revenir à l'endroit où il pensait ne plus avoir sa place. Sa ville, ses forêts, ses champs : son royaume. Pendant trois ans, il n'avait pas pensé à cet enfant mort, mais à la couleur du sable qui recouvrait les pistes en automne. Son amour jaillit en lui plus fort que jamais, il se sentit la force d'aller au bout, même s'il aurait aimé que sa mère fût là pour l'embrasser une dernière fois.

Il ne pouvait plus faire demi-tour.

12

Finalement, l'oncle de Paul vendit le Blue Budd au meilleur prix. Il en profita pour quitter sa femme et transformer son bureau en une pièce spéciale pour recevoir les joueurs de poker.

L'épouse de Gardener mit au monde un quatrième enfant.

Arthur ouvrit son magasin et devint l'un des hommes les plus riches de la région.

O'Brien cessa de travailler, son dos et ses genoux ne tenaient pas le choc. Attentif, il montait la garde auprès d'une femme qui n'osait plus lever les yeux. L'employé continuait à travailler sur la propriété, son salaire fut doublé en échange des travaux quotidiens que demandait l'entretien de la surface totale.

Un mois après que Thomas se fut évanoui dans la nature, Arthur et son salarié durent faire un tour complet des bois pour lister les pièces à abattre. L'opération prit deux jours.

Ils parcouraient les sentiers à la recherche d'arbres

morts. Dans les endroits les plus reculés, ils se séparaient pour aller plus vite.

Arthur était occupé à marquer d'une croix de peinture rouge les écorces pourries quand il entendit le pas précipité de son employé.

– Patron, je crois que vous devriez venir voir.

Il lâcha son seau et ses outils contre le tronc mort, s'essuya les mains sur son bleu de travail et le suivit. Le jeune homme tremblait. Arrivés à la jonction de deux pistes abandonnées, protégées par de hauts arbres, ils bifurquèrent sur la gauche et se glissèrent difficilement entre les massifs de ronces. Puis l'employé s'écarta, les mains repliées sur la bouche.

13

Ses pieds, chaussés de larges bottes de cuir à sangles, se balançaient d'avant en arrière, poussés par le souffle du crépuscule. La veste de son père retombait sur ses maigres épaules. La corde était solide, elle provenait de la réserve à outils qu'Arthur oubliait toujours de fermer.

Un ultime rayon de soleil tranchait sa chevelure. La lumière du soir dessinait sur son visage un sourire d'une tristesse infinie. Suspendu à deux mètres du sol, le cadavre tournait ses yeux blancs vers Haven, tandis que les premiers flocons couvraient sans bruit les branches mortes de l'éclatante propriété.

RÉALISATION : NORD COMPO À VILLENEUVE-D'ASCQ
IMPRESSION : CPI BRODARD ET TAUPIN À LA FLÈCHE
DÉPÔT LÉGAL : JANVIER 2014. N° 108872 (3002611)
IMPRIMÉ EN FRANCE

Éditions Points

Le catalogue complet de nos collections est sur Le Cercle Points, ainsi que des interviews de vos auteurs préférés, des jeux-concours, des conseils de lecture, des extraits en avant-première...

www.lecerclepoints.com

DERNIERS TITRES PARUS

P2859. Kampuchéa, *Patrick Deville*
P2860. Les Idiots (petites vies), *Ermanno Cavazzoni*
P2861. La Femme et l'Ours, *Philippe Jaenada*
P2862. L'Incendie du Chiado, *François Vallejo*
P2863. Le Londres-Louxor, *Jakuta Alikavazovic*
P2864. Rêves de Russie, *Yasushi Inoué*
P2865. Des garçons d'avenir, *Nathalie Bauer*
P2866. La Marche du cavalier, *Geneviève Brisac*
P2867. Cadrages & Débordements
Marc Lièvremont (avec Pierre Ballester)
P2868. Automne, *Mons Kallentoft*
P2869. Du sang sur l'autel, *Thomas Cook*
P2870. Le Vingt et Unième cas, *Håkan Nesser*
P2871. Nous, on peut. Manuel anticrise à l'usage du citoyen
Jacques Généreux
P2872. Une autre jeunesse, *Jean-René Huguenin*
P2873. L'Amour d'une honnête femme, *Alice Munro*
P2874. Secrets de Polichinelle, *Alice Munro*
P2875. Histoire secrète du Costaguana, *Juan Gabriel Vásquez*
P2876. Le Cas Sneijder, *Jean-Paul Dubois*
P2877. Assommons les pauvres !, *Shumona Sinha*
P2878. Brut, *Dalibor Frioux*
P2879. Destruction massive. Géopolitique de la faim
Jean Ziegler
P2880. Une petite ville sans histoire, *Greg Iles*
P2881. Intrusion, *Natsuo Kirino*
P2882. Tatouage, *Manuel Vázquez Montalbán*
P2883. D'une porte l'autre, *Charles Aznavour*
P2884. L'Intégrale Gainsbourg. L'histoire de toutes ses chansons
Loïc Picaud, Gilles Verlant
P2885. Hymne, *Lydie Salvayre*
P2886. B.W., *Lydie Salvayre*

P2887. Les Notaires. Enquête sur la profession la plus puissante de France, *Laurence de Charette, Denis Boulard*
P2888. Le Dépaysement. Voyages en France *Jean-Christophe Bailly*
P2889. Les Filles d'Allah, *Nedim Gürsel*
P2890. Les Yeux de Lira, *Eva Joly et Judith Perrignon*
P2891. Recettes intimes de grands chefs, *Irvine Welsh*
P2892. Petit Lexique du petit, *Jean-Luc Petitrenaud*
P2893. La Vie sexuelle d'un islamiste à Paris, *Leïla Marouane*
P2894. Ils sont partis avec panache. Les dernières paroles, de Jules César à Jimi Hendrix, *Michel Gaillard*
P2896. Le Livre de la grammaire intérieure, *David Grossman*
P2897. Philby. Portrait de l'espion en jeune homme *Robert Littell*
P2898. Jérusalem, *Gonçalo M. Tavares*
P2899. Un capitaine sans importance, *Patrice Franceschi*
P2900. Grenouilles, *Mo Yan*
P2901. Lost Girls, *Andrew Pyper*
P2902. Satori, *Don Winslow*
P2903. Cadix, ou la diagonale du fou, *Arturo Pérez-Reverte*
P2904. Cranford, *Elizabeth Gaskell*
P2905. Les Confessions de Mr Harrison, *Elizabeth Gaskell*
P2906. Jón l'Islandais, *Bruno d'Halluin*
P2907. Journal d'un mythomane, vol. 1, *Nicolas Bedos*
P2908. Le Roi prédateur, *Catherine Graciet et Éric Laurent*
P2909. Tout passe, *Bernard Comment*
P2910. Paris, mode d'emploi. Bobos, néo-bistro, paniers bio et autres absurdités de la vie parisienne *Jean-Laurent Cassely*
P2911. J'ai réussi à rester en vie, *Joyce Carol Oates*
P2912. Folles nuits, *Joyce Carol Oates*
P2913. L'Insolente de Kaboul, *Chékéba Hachemi*
P2914. Tim Burton : entretiens avec Mark Salisbury
P2915. 99 proverbes à foutre à la poubelle, *Jean-Loup Chiflet*
P2916. Les Plus Belles Expressions de nos régions *Pascale Lafitte-Certa*
P2917. Petit dictionnaire du français familier. 2000 mots et expressions, d'« avoir la pétoche » à « zigouiller », *Claude Duneton*
P2918. Les Deux Sacrements, *Heinrich Böll*
P2919. Le Baiser de la femme-araignée, *Manuel Puig*
P2920. Les Anges perdus, *Jonathan Kellerman*
P2921. L'Humour des chats, *The New Yorker*
P2922. Les Enquêtes d'Erlendur, *Arnaldur Indridason*
P2923. Intermittence, *Andrea Camilleri*
P2924. Betty, *Arnaldur Indridason*

P2925. Grand-père avait un éléphant
Vaikom Muhammad Basheer
P2926. Les Savants, *Manu Joseph*
P2927. Des saisons au bord de la mer, *François Maspero*
P2928. Le Poil et la Plume, *Anny Duperey*
P2929. Ces 600 milliards qui manquent à la France. Enquête au cœur de l'évasion fiscale, *Antoine Peillon*
P2930. Pensées pour moi-même. Le livre autorisé de citations
Nelson Mandela
P2931. Carnivores domestiques (illustrations d'OlivSteen)
Erwan Créac'h
P2932. Tes dernières volontés, *Laura Lippman*
P2933. Disparues, *Chris Mooney*
P2934. La Prisonnière de la tour, *Boris Akounine*
P2935. Cette vie ou une autre, *Dan Chaon*
P2936. Le Chinois, *Henning Mankell*
P2937. La Femme au masque de chair, *Donna Leon*
P2938. Comme neige, *Jon Michelet*
P2939. Par amitié, *George P. Pelecanos*
P2940. Avec le diable, *James Keene, Hillel Levin*
P2941. Les Fleurs de l'ombre, *Steve Mosby*
P2942. Double Dexter, *Jeff Lindsay*
P2943. Vox, *Dominique Sylvain*
P2944. Cobra, *Dominique Sylvain*
P2945. Au lieu-dit Noir-Étang…, *Thomas H. Cook*
P2946. La Place du mort, *Pascal Garnier*
P2947. Terre des rêves. La Trilogie du Minnesota, vol. 1
Vidar Sundstøl
P2948. Les Mille Automnes de Jacob de Zoet, *David Mitchell*
P2949. La Tuile de Tenpyô, *Yasushi Inoué*
P2950. Claustria, *Régis Jauffret*
P2951. L'Adieu à Stefan Zweig, *Belinda Cannone*
P2952. Là où commence le secret, *Arthur Loustalot*
P2953. Le Sanglot de l'homme noir, *Alain Mabanckou*
P2954. La Zonzon, *Alain Guyard*
P2955. L'éternité n'est pas si longue, *Fanny Chiarello*
P2956. Mémoires d'une femme de ménage
Isaure (en collaboration avec Bertrand Ferrier)
P2957. Je suis faite comme ça. Mémoires, *Juliette Gréco*
P2958. Les Mots et la Chose. Trésors du langage érotique
Jean-Claude Carrière
P2959. Ransom, *Jay McInerney*
P2960. Little Big Bang, *Benny Barbash*
P2961. Vie animale, *Justin Torres*
P2962. Enfin, *Edward St Aubyn*
P2963. La Mort muette, *Volker Kutscher*

P2964. Je trouverai ce que tu aimes, *Louise Doughty*
P2965. Les Sopranos, *Alan Warner*
P2966. Les Étoiles dans le ciel radieux, *Alan Warner*
P2967. Méfiez-vous des enfants sages, *Cécile Coulon*
P2968. Cheese Monkeys, *Chip Kidd*
P2969. Pommes, *Richard Milward*
P2970. Paris à vue d'œil, *Henri Cartier-Bresson*
P2971. Bienvenue en Transylvanie, *Collectif*
P2972. Super triste histoire d'amour, *Gary Shteyngart*
P2973. Les Mots les plus méchants de l'Histoire
Bernadette de Castelbajac
P2474. La femme qui résiste, *Anne Lauvergeon*
P2975. Le Monarque, son fils, son fief, *Marie-Célie Guillaume*
P2976. Écrire est une enfance, *Philippe Delerm*
P2977. Le Dernier Français, *Abd Al Malik*
P2978. Il faudrait s'arracher le cœur, *Dominique Fabre*
P2979. Dans la grande nuit des temps, *Antonio Muñoz Molina*
P2980. L'Expédition polaire à bicyclette
suivi de La Vie sportive aux États-Unis, *Robert Benchley*
P2981. L'Art de la vie. Karitas, Livre II
Kristín Marja Baldursdóttir
P2982. Parlez-moi d'amour, *Raymond Carver*
P2983. Tais-toi, je t'en prie, *Raymond Carver*
P2984. Débutants, *Raymond Carver*
P2985. Calligraphie des rêves, *Juan Marsé*
P2986. Juste être un homme, *Craig Davidson*
P2987. Les Strauss-Kahn, *Raphaëlle Bacqué, Ariane Chemin*
P2988. Derniers Poèmes, *Friedrich Hölderlin*
P2989. Partie de neige, *Paul Celan*
P2990. Mes conversations avec les tueurs, *Stéphane Bourgoin*
P2991. Double meurtre à Borodi Lane, *Jonathan Kellerman*
P2992. Poussière tu seras, *Sam Millar*
P2993. Jours de tremblement, *François Emmanuel*
P2994. Bataille de chats. Madrid 1936, *Eduardo Mendoza*
P2995. L'Ombre de moi-même, *Aimee Bender*
P2996. Il faut rentrer maintenant…
Eddy Mitchell (avec Didier Varrod)
P2997. Je me suis bien amusé, merci !, *Stéphane Guillon*
P2998. Le Manifeste Chap. Savoir-vivre révolutionnaire
pour gentleman moderne, *Gustav Temple, Vic Darkwood*
P2999. Comment j'ai vidé la maison de mes parents, *Lydia Flem*
P3000. Lettres d'amour en héritage, *Lydia Flem*
P3001. Enfant de fer, *Mo Yan*
P3002. Le Chapelet de jade, *Boris Akounine*
P3003. Pour l'amour de Rio, *Jean-Paul Delfino*
P3004. Les Traîtres, *Giancarlo de Cataldo*

P3005. Docteur Pasavento, *Enrique Vila-Matas*
P3006. Mon nom est légion, *António Lobo Antunes*
P3007. Printemps, *Mons Kallentoft*
P3008. La Voie de Bro, *Vladimir Sorokine*
P3009. Une collection très particulière, *Bernard Quiriny*
P3010. Rue des petites daurades, *Fellag*
P3011. L'Œil du léopard, *Henning Mankell*
P3012. Les mères juives ne meurent jamais, *Natalie David-Weill*
P3013. L'Argent de l'État. Un député mène l'enquête *René Dosière*
P3014. Kill kill faster faster, *Joel Rose*
P3015. La Peau de l'autre, *David Carkeet*
P3016. La Reine des Cipayes, *Catherine Clément*
P3017. Job, roman d'un homme simple, *Joseph Roth*
P3018. Espèce de savon à culotte ! et autres injures d'antan *Catherine Guennec*
P3019. Les mots que j'aime et quelques autres... *Jean-Michel Ribes*
P3020. Le Cercle Octobre, *Robert Littell*
P3021. Les Lunes de Jupiter, *Alice Munro*
P3022. Journal (1973-1982), *Joyce Carol Oates*
P3023. Le Musée du Dr Moses, *Joyce Carol Oates*
P3024. Avant la dernière ligne droite, *Patrice Franceschi*
P3025. Boréal, *Paul-Émile Victor*
P3026. Dernières nouvelles du Sud *Luis Sepúlveda, Daniel Mordzinski*
P3027. L'Aventure, pour quoi faire ?, *collectif*
P3028. La Muraille de lave, *Arnaldur Indridason*
P3029. L'Invisible, *Robert Pobi*
P3030. L'Attente de l'aube, *William Boyd*
P3031. Le Mur, le Kabyle et le marin, *Antonin Varenne*
P3032. Emily, *Stewart O'Nan*
P3033. Les oranges ne sont pas les seuls fruits *Jeanette Winterson*
P3034. Le Sexe des cerises, *Jeanette Winterson*
P3035. À la trace, *Deon Meyer*
P3036. Comment devenir écrivain quand on vient de la grande plouquerie internationale, *Caryl Férey*
P3037. Doña Isabel (ou la véridique et très mystérieuse histoire d'une Créole perdue dans la forêt des Amazones) *Christel Mouchard*
P3038. Psychose, *Robert Bloch*
P3039. Équatoria, *Patrick Deville*
P3040. Moi, la fille qui plongeait dans le cœur du monde *Sabina Berman*
P3041. L'Abandon, *Peter Rock*

P3042. Allmen et le diamant rose, *Martin Suter*
P3043. Sur le fil du rasoir, *Oliver Harris*
P3044. Que vont devenir les grenouilles ?, *Lorrie Moore*
P3045. Quelque chose en nous de Michel Berger
Yves Bigot
P3046. Elizabeth II. Dans l'intimité du règne, *Isabelle Rivère*
P3047. Confession d'un tueur à gages, *Ma Xiaoquan*
P3048. La Chute. Le mystère Léviathan (tome 1), *Lionel Davoust*
P3049. Tout seul. Souvenirs, *Raymond Domenech*
P3050. L'homme naît grâce au cri, *Claude Vigée*
P3051. L'Empreinte des morts, *C.J. Box*
P3052. Qui a tué l'ayatollah Kanuni ?, *Naïri Nahapétian*
P3053. Cyber China, *Qiu Xiaolong*
P3054. Chamamé, *Leonardo Oyola*
P3055. Anquetil tout seul, *Paul Fournel*
P3056. Marcus, *Pierre Chazal*
P3057. Les Sœurs Brelan, *François Vallejo*
P3058. L'Espionne de Tanger, *María Dueñas*
P3059. Mick. Sex and rock'n'roll, *Christopher Andersen*
P3060. Ta carrière est fi-nie !, *Zoé Shepard*
P3061. Invitation à un assassinat, *Carmen Posadas*
P3062. L'Envers du miroir, *Jennifer Egan*
P3063. Dictionnaire ouvert jusqu'à 22 heures
Académie Alphonse Allais
P3064. Encore un mot. Billets du Figaro, *Étienne de Montety*
P3065. Frissons d'assises. L'instant où le procès bascule
Stéphane Durand-Souffland
P3066. Y revenir, *Dominique Ané*
P3067. J'ai épousé Johnny à Notre-Dame-de-Sion
Fariba Hachtroudi
P3068. Un concours de circonstances, *Amy Waldman*
P3069. La Pointe du couteau, *Gérard Chaliand*
P3070. Lila, *Robert M. Pirsig*
P3071. Les Amoureux de Sylvia, *Elizabeth Gaskell*
P3072. Cet été-là, *William Trevor*
P3073. Lucy, *William Trevor*
P3074. Diam's. Autobiographie, *Mélanie Georgiades*
P3075. Pourquoi être heureux quand on peut être normal ?
Jeanette Winterson
P3076. Qu'avons-nous fait de nos rêves ?, *Jennifer Egan*
P3077. Le Terroriste noir, *Tierno Monénembo*
P3078. Féerie générale, *Emmanuelle Pireyre*
P3079. Une partie de chasse, *Agnès Desarthe*
P3080. La Table des autres, *Michael Ondaatje*
P3081. Lame de fond, *Linda Lê*
P3082. Que nos vies aient l'air d'un film parfait, *Carole Fives*

P3083. Skinheads, *John King*
P3084. Le bruit des choses qui tombent, *Juan Gabriel Vásquez*
P3085. Quel trésor !, *Gaspard-Marie Janvier*
P3086. Rêves oubliés, *Léonor de Récondo*
P3087. Le Valet de peinture, *Jean-Daniel Baltassat*
P3088. L'État au régime. Gaspiller moins pour dépenser mieux *René Dosière*
P3089. Refondons l'école. Pour l'avenir de nos enfants *Vincent Peillon*
P3090. Vagabond de la bonne nouvelle, *Guy Gilbert*
P3091. Les Joyaux du paradis, *Donna Leon*
P3092. La Ville des serpents d'eau, *Brigitte Aubert*
P3093. Celle qui devait mourir, *Laura Lippman*
P3094. La Demeure éternelle, *William Gay*
P3095. Adulte ? Jamais. Une anthologie (1941-1953) *Pier Paolo Pasolini*
P3096. Le Livre du désir. Poèmes, *Leonard Cohen*
P3097. Autobiographie des objets, *François Bon*
P3098. L'Inconscience, *Thierry Hesse*
P3099. Les Vitamines du bonheur, *Raymond Carver*
P3100. Les Trois Roses jaunes, *Raymond Carver*
P3101. Le Monde à l'endroit, *Ron Rash*
P3102. Relevé de terre, *José Saramago*
P3103. Le Dernier Lapon, *Olivier Truc*
P3104. Cool, *Don Winslow*
P3105. Les Hauts-Quartiers, *Paul Gadenne*
P3106. Histoires pragoises, *suivi de* Le Testament *Rainer Maria Rilke*
P3107. Œuvres pré-posthumes, *Robert Musil*
P3108. Anti-manuel d'orthographe. Éviter les fautes par la logique, *Pascal Bouchard*
P3109. Génération CV, *Jonathan Curiel*
P3110. Ce jour-là. Au cœur du commando qui a tué Ben Laden *Mark Owen et Kevin Maurer*
P3111. Une autobiographie, *Neil Young*
P3112. Conséquences, *Darren William*
P3113. Snuff, *Chuck Palahniuk*
P3114. Une femme avec personne dedans, *Chloé Delaume*
P3115. Meurtre au Comité central, *Manuel Vázquez Montalbán*
P3116. Radeau, *Antoine Choplin*
P3117. Les Patriarches, *Anne Berest*
P3118. La Blonde et le Bunker, *Jakuta Alikavazovic*
P3119. La Contrée immobile, *Tom Drury*
P3120. Peste & Choléra, *Patrick Deville*
P3121. Le Veau *suivi de* Le Coureur de fond, *Mo Yan*
P3122. Quarante et un coups de canon, *Mo Yan*

P3123. Liquidations à la grecque, *Petros Markaris*
P3124. Baltimore, *David Simon*
P3125. Je sais qui tu es, *Yrsa Sigurdardóttir*
P3126. Le Regard du singe
Gérard Chaliand, Patrice Franceschi, Patrick Gambache
P3127. Journal d'un mythomane. Vol. 2 : Une année particulière
Nicolas Bedos
P3128. Autobiographie d'un menteur, *Graham Chapman*
P3129. L'Humour des femmes, *The New Yorker*
P3130. La Reine Alice, *Lydia Flem*
P3131. Vies cruelles, *Lorrie Moore*
P3132. La Fin de l'exil, *Henry Roth*
P3133. Requiem pour Harlem, *Henry Roth*
P3134. Les mots que j'aime, *Philippe Delerm*
P3135. Petit Inventaire des plaisirs belges, *Philippe Genion*
P3136. La faute d'orthographe est ma langue maternelle
Daniel Picouly
P3137. Tombé hors du temps, *David Grossman*
P3138. Petit oiseau du ciel, *Joyce Carol Oates*
P3139. Alcools (illustrations de Ludovic Debeurme)
Guillaume Apollinaire
P3140. Pour une terre possible, *Jean Sénac*
P3141. Le Baiser de Judas, *Anna Grue*
P3142. L'Ange du matin, *Arni Thorarinsson*
P3143. Le Murmure de l'ogre, *Valentin Musso*
P3144. Disparitions, *Natsuo Kirino*
P3145. Le Pont des assassins, *Arturo Pérez-Reverte*
P3146. La Dactylographe de Mr James, *Michiel Heyns*
P3147. Télex de Cuba, *Rachel Kushner*
P3148. Promenades avec les hommes, *Ann Beattie*
P3149. Le Roi Lézard, *Dominique Sylvain*
P3150. Scènes de la vie quotidienne à l'Élysée, *Camille Pascal*
P3151. Je ne t'ai pas vu hier dans Babylone
António Lobo Antunes
P3152. Le Condottière, *Georges Perec*
P3153. La Circassienne, *Guillemette de Sairigné*
P3154. Au pays du cerf blanc, *Zhongshi Chen*
P3155. Juste pour le plaisir, *Mercedes Deambrosis*
P3156. Trop près du bord, *Pascal Garnier*
P3157. Seuls les morts ne rêvent pas.
La Trilogie du Minnesota, vol. 2, *Vidar Sundstøl*
P3158. Le Trouveur de feu, *Henri Gougaud*
P3159. Ce soir, après la guerre, *Viviane Forrester*
P3160. La semaine où Jérôme Kerviel a failli faire sauter
le système financier mondial. Journal intime
d'un banquier, *Hugues Le Bret*